मलाला हूँ मैं

मलाला हूँ मैं

सुमन बाजपेयी

ISBN : 978-93-5064-167-5

प्रथम संस्करण : 2014 © राजपाल एण्ड सन्ज़

MALALA HOON MEIN (Biography) by Suman Bajpayee

राजपाल एण्ड सन्ज़

1590, मदरसा रोड, कश्मीरी गेट-दिल्ली-110 006

फोन: 011-23869812, 23865483, फैक्स: 011-23867791

website : www.rajpalpublishing.com

e-mail : sales@rajpalpublishing.com

क्रम

मलाला हूँ मैं

खुशहाल पब्लिक स्कूल में छुट्टी की घंटी बजी और अपने-अपने बस्ते सँभालती छात्राएँ निकल पड़ीं, घर जाने के लिए। उस समय स्कूल में लड़कियों का शोर मचा था—कोई अपने किस्से-कहानी सुनाने को लालायित थी तो कोई बता रही थी कि आज घर जाकर वह क्या करने वाली है। कोई किसी दूसरी लड़की के कान में फुसफुसाते हुए कुछ कह रही थी, जिसे सुन उस लड़की के चेहरे पर हैरानी के भाव छा गए थे।

वह वर्ष 2012 के 9 अक्टूबर का दिन था। खुशी से चहकती उन 14-15 साल की लड़कियों को देखकर कोई भी कह सकता था कि उनकी आँखों में आनेवाली ज़िन्दगी के असंख्य सपने पल रहे हैं। वे खुलकर जीना चाहती हैं, वह भी एक बेफ़िक्र ज़िन्दगी। स्कूल से बस निकली। मस्ती से लड़कियाँ सीटों पर जा बैठीं और मशगूल हो गई बातों में। न जाने क्या, कितनी बातें थीं जो ख़त्म ही होने का नाम नहीं ले रही थीं। शायद यह उम्र का तकाज़ा था, इसलिए चुलबुलापन कि गम्भीरता को बाहर आने ही नहीं दे रहा था। स्कूल आने पर उन्हें जितनी खुशी होती थी, उतनी ही स्कूल की छुट्टी होने पर भी होती थी। इस छोटी-सी उम्र में ही इन लड़कियों में कुछ करने की ललक थी, तभी तो अपनी पढ़ाई को लेकर भी उतनी ही उत्साहित रहती थीं, जितनी कि खेल-कूद और मस्ती को लेकर।

मिंगोरा शहर की लड़कियाँ जिस तरह के माहौल में पली-बढ़ी थीं, वहाँ अच्छी शिक्षा पाने का सपना देखना और उसे साकार करना—दोनों ही बड़ी बातें थीं। तालिबानी शासन के आतंक में स्वात में लड़कियों की शिक्षा पर प्रतिबन्ध लगा दिए गए थे। वर्ष 2009 में लड़कियों के स्कूल बन्द करा दिए गए थे और

सख्त हिदायत जारी कर दी गई थी कि लड़कियाँ स्कूल नहीं जाएँगी। यही वजह थी कि वहाँ रहने वाली हर लड़की के जीवन पर तालिबान के प्रतिबन्धों ने असर डाला। शिक्षित होने का सपना दरकने के साथ ही एक खौफ का साया भी हमेशा उन्हें घेरे रहने लगा कि न मालूम कब तालिबानी आतंक का कहर उन पर टूट पड़े।

तभी अचानक ही उन लड़कियों की चहचहाहट थम गई। बस के एक झटके के साथ रुकते ही वे हैरानी से एक-दूसरे को देखने लगीं, मानो पूछ रही हों कि आखिर हुआ क्या है। अभी-अभी तो बस स्कूल से निकली है, अभी घर आने में देरी है, तो फिर बस क्यों रुक गई। ऐसा पहले तो कभी नहीं हुआ! यों अचानक बीच सड़क पर बस को रोक दिया जाना, वह भी स्कूल से कुछ ही दूरी पर ...फुसफुसाहटें और एक-दूसरे से सवाल पूछतीं उनकी आँखों में मानो वही ख़ौफ़ तारी हो गया था, जो उन्हें खुलकर साँस नहीं लेने देता था। कहीं उनके स्कूल जाने पर पाबन्दी लगाने के लिए तो कोई पैगाम लेकर नहीं आया? आखिर तालिबान के रोक लगाने के बावजूद उन्होंने स्कूल जाना नहीं छोड़ा था।

इससे पहले कि वे कुछ समझ पातीं, कुछ हथियारबन्द आतंकी बस में चढ़ गए। काले कपड़े से उनका चेहरा ढँका था, केवल अंगारे उगलती आँखें नज़र आ रही थीं। उनके हाथों में बन्दूकें थीं, जिन्हें देख लड़कियाँ एक-दूसरे से सटकर बैठ गईं। वे किसी वहशी दरिन्दों से कम नहीं लग रहे थे। उनकी आँखें जैसे बस में किसी को ढूँढ़ रही थीं। तभी एक गरजती हुई ख़ौफ़नाक आवाज़ गूँजी, ''तुम में से मलाला कौन है? जवाब दो, कौन है मलाला? बताओ वरना सबको भून डालेंगे।''

बस में भयभीत करने वाला सन्नाटा छा गया। ऐसा लग रहा था मानो किसी ने उन लड़कियों की मासूम आवाज़ों को छीन लिया हो। उनके होंठ सिले हुए थे...गुम हो चुकी थी उनकी चहचहाहट। केवल एक-दूसरे से और सट जाने और हाथ पकड़ने की बेआवाज़ सरसराहट हुई। जैसे वे एक-दूसरे को हिम्मत दे रही हों, जबकि असलियत में भीतर ही भीतर हर लड़की डरी-सहमी हुई थी।

कुछ नज़रें बरबस मलाला की ओर उठीं। बस, फिर सब कुछ क्षण-भर में घट गया। आतंकियों ने गोलियाँ दागनी शुरू कर दीं। मलाला बुरी तरह घायल हुई। गोलियाँ मलाला के पास बैठी उसकी दो सहेलियों को छूकर निकल गईं। गोलियाँ दागने के बाद वे आतंकी बस से उतरकर गायब हो गए।

बस में बैठी बाकी लड़कियाँ तो ऐसी बुत बन गई थीं, मानो किसी ने उनके शरीर से खून निचोड़ लिया हो। आखिर यह क्या हुआ? क्यों हुआ? खून की होली उनके सामने खेली गई थी। लहूलुहान मलाला उनकी नज़रों के सामने बस में नीचे गिर पड़ी। 'मलाला, मलाला', लड़कियाँ जब सँभलीं तो वे उसे पुकारने लगीं, ''मुझे अपने अब्बू के पास जाना है, मुझे अब्बू के पास जाना है...,'' वह नीम बेहोशी की हालत में बड़बड़ा रही थी।

''मलाला, उठो। उठो मलाला,'' लड़कियों के घबराए हुए स्वर गूँज रहे थे।

''हाँ, मैं मलाला हूँ, मैं ही मलाला हूँ,'' लड़खड़ाती आवाज़ और खून से लाल होते उसके कपड़े। धीरे-धीरे वह पूरी तरह से बेहोश हो गई।

हिम्मत की मिसाल

मलाला यूसुफ़ज़ई ने, जो आज दुनिया-भर में हिम्मत की एक मिसाल बन गई है, मात्र 11 वर्ष की उम्र में ही पाकिस्तान में लड़कियों की शिक्षा को लेकर आवाज़ बुलन्द की थी। वर्ष 2009 में तालिबान ने पाकिस्तान की स्वात घाटी में लड़कियों की शिक्षा पर यह कहकर प्रतिबन्ध लगा दिया कि यह शरीयत कानून के विरुद्ध है। लड़कियाँ घर से निकलें, बाज़ारों में घूमें या बेपर्दा रहें—यह बात तहरीक-ए-तालिबान पाकिस्तान (टी.टी.पी.) के नेताओं को पसन्द नहीं थी।

लेकिन मलाला तो अपने-आप में ही एक ऐसी बुलन्द आवाज़ साबित हुई जो यह सन्देश देती है कि कट्टरपन्थी, चरमपन्थी सोच और विचार मुल्क को पतन की ओर ले जा सकते हैं। उन्हें इसकी ज़रूरत नहीं है। हमें चाहिए सिर्फ शान्ति और एक ऐसा अवाम, जो शिक्षित हो। मलाला ने मात्र 15 वर्ष की आयु में वह कर दिखाया जिसके बारे में इस उम्र के अधिकांश बच्चे सोचते तक नहीं हैं।

मलाला ने खुलकर तालिबान का विरोध किया, उसके बारे में लिखा और लोगों को समझाया कि उन्हें उनका हक पाने का अधिकार है। तालिबान उसे धमकी देता रहा और वह अपनी बुलन्द आवाज़ की वजह से अपनी स्वात घाटी में चर्चित, और चर्चित होती गई। बेखौफ़ होकर वह तालिबानी क्रूरता की निंदा कर लोगों में उनसे लड़ने की मशाल जलाती रही। इन्टरनेट पर उसके वीडियो देख हर कोई उसकी समझदारी का कायल हो गया। तालिबान के खिलाफ उठाई गई उसकी बातों में कहीं से भी बचपने की झलक देखने को नहीं मिलती थी। ऐसा इसलिए क्योंकि मलाला बखूबी जानती थी कि वह क्या बोल रही है और यह भी उसे पता था कि उसके बोलने पर तालिबान तिलमिला उठेगा।

और वास्तव में हुआ भी ऐसा ही। तालिबानी लड़ाके उससे घबरा गए। उन्हें लगने लगा कि इस एक बच्ची की आवाज़ उनकी बन्दूकों पर भारी पड़ रही है। यहाँ तक कि तालिबानी शासन को लगने लगा कि मलाला पश्चिमी दुनिया की एजेन्ट बन गई है, इसीलिए वह शरीयत कानून को चुनौती दे रही है। इसलिए तालिबानी लड़ाकों ने उस मासूम-सी बच्ची पर जानलेवा हमला कर दिया।

गोलियों की बौछार झेलने से कुछ पहले ही मलाला ने एक अखबार में लिखा था कि उसे पता है कि इस्लाम के नाम पर लड़कियों को तालीम से वंचित कराने वाले अब स्वात की लड़कियों से डरने लगे हैं। उन्हें इस बात का डर है कि कहीं यह छोटी-सी लड़की उनकी असलियत की पोल न खोल दे। चूँकि स्वात घाटी में अब लड़कियाँ बन्दूकों से नहीं डरतीं। वे स्कूल जाती हैं। वे समझने लगी हैं कि शरीयत कानून के नाम पर महिलाओं को जाहिल बनाने की साज़िश चल रही है। इस पर भी वे बहादुरी दिखाकर समाज को शिक्षित करने की दिशा में एक खास भूमिका निभा रही हैं। वे अच्छी तरह जानती हैं कि इस स्थिति में किसी भी दिन तालिबानी उन्हें पकड़कर गोलियों से उड़ा सकते हैं या उनके चेहरों पर तेज़ाब डाल सकते हैं। लेकिन हमें इन खतरों के पार जाना है। लिहाज़ा आखिरी साँस तक मैं स्वात घाटी के स्वाभिमान के लिए लड़ती रहूँगी।

और सच में मलाला ने ऐसा कर भी दिखाया। उसने स्वात घाटी में घूम-घूम कर लड़कियों की शिक्षा के लिए अभियान शुरू किए। वह जहाँ जाती, यही कहती कि "एक दिन तो सबको ही मरना है। ऐसे में उन कायर तालिबानों की बन्दूकों से क्या डरना?"

नहीं डरी मलाला तालिबानों की बन्दूक से, तभी तो वे उस बच्ची से डर गए जिनके पास थी केवल कलम की ताकत और बुलन्द हौसलों की आवाज़। अपनी इसी निर्भीकता के कारण आज मलाला यूसुफ़ज़ई हक और हिम्मत की मिसाल बन गई है। लड़कियों की शिक्षा और महिलाओं के अधिकारों के लिए आवाज़ उठाकर शान्ति की दूत मलाला न सिर्फ दहशतगर्दों के खिलाफ बड़ी आवाज़ बनी, बल्कि उसके प्रयासों ने अँधियारे के बीच उम्मीद की एक किरण भी जगा दी। उसकी बहादुरी ने पाकिस्तान सहित पूरी दुनिया को आतंकवाद के खतरे के खिलाफ़ नए सिरे से एकजुट होने की प्रेरणा दी है।

मलाला का मतलब होता है—दुख से पीड़ित, पर मलाला ने अपने नाम के अर्थ के विपरीत दुख से पीड़ितों के लिए फाहा बनकर दिखाया। उसने तालिबानी

आतंक को ललकारा तो उसके पीछे-पीछे उसके जैसी हज़ारों मलाला चल पड़ीं। आज लड़कियों की शिक्षा के हक के लिए जान की बाज़ी तक लगा देने वाली एक जांबाज़ सिपाही के रूप में सारी दुनिया उसका लोहा मान रही है। आज मलाला अकेली नहीं है अपनी इस लड़ाई में...आज पाकिस्तान की हर लड़की मलाला बनने को अग्रसर है।

पूरी दुनिया आज मलाला की हिम्मत की मिसाल दे रही है, उसकी तारीफ कर रही है तो ज़ाहिर-सी बात है कि उसके पीछे वजह भी कोई बड़ी ही होगी। देश-दुनिया के दूसरे हिस्सों में बैठकर तालिबान के क्रूर शासन के खिलाफ़ लिख देना बेशक हिम्मत की बात नहीं मानी जा सकती, लेकिन तालिबान लड़ाकों के गढ़ में बैठकर न सिर्फ उनके खिलाफ़ बोलना, बल्कि उस पर डटे रहना—ऐसा केवल कोई बहादुर बच्ची ही कर सकती है।

स्वात की बेटी

बारह-तेरह साल की एक लड़की थी—एन फ्रैंक। दूसरे महायुद्ध के दौरान फासीवादी हिटलर की सेना से छिपने-छिपाने के दौरान वह एक डायरी लिखती रहती थी। आखिर में वह बच्ची पकड़ी गई और हिटलर के यातना शिविर में 15 वर्ष की आयु में उसने दम तोड़ दिया। सालों बाद इस डायरी के ज़रिये एक बच्ची की नज़र से दुनिया हिटलर के शासन में लोगों की ज़िन्दगी से रू-ब-रू हुई। यह *डायरी ऑफ ए यंग गर्ल* के नाम से आज भी मशहूर है।' 'गुल मकई' की उम्र भी ऐसी थी। पाकिस्तान के खूबसूरत इलाके में वह रहती थी। अफगानिस्तान के रास्ते तालिबान ने जब पाकिस्तान की ओर कदम बढ़ाए तो स्वात और उसके ज़िन्दादिल लोग रास्ते में आ गए। लेकिन तालिबान तो तालिबान है। वह भी हिटलर की तरह दुनिया को अपने एक रंग में रँगने का ख्वाब देखता है। उसने स्वात के कई इलाकों पर कब्ज़ा कर लिया। वह स्कूलों को अपना निशाना बनाने लगा, खासतौर पर लड़कियों के स्कूलों को। उसने स्कूल बन्द करने का फरमान जारी कर दिया।

उसका कहर इस तरह टूटा कि तालिबान ने वर्ष 2001 और 2009 के बीच लगभग चार सौ स्कूल ढहा दिए। इनमें से 70 फीसदी स्कूल लड़कियों के थे। तालिबान ने लड़कियों का घर से बाहर निकलना मुश्किल कर दिया। उन पर कई तरह के प्रतिबन्ध और पाबन्दियाँ लगा दीं। इसी दौरान बी.बी.सी. की उर्दू सेवा पर स्वात की बेटी, 'गुल मकई' सामने आई और इसी के साथ सामने आई 'गुल मकई की डायरी'। उसके नज़रिये से तब दुनिया ने तालिबान को जाना, खासतौर पर महिलाओं, और लड़कियों की ज़िन्दगी के बारे में। डायरी जनवरी 2009 से मार्च 2009 के बीच बी.बी.सी. उर्दू की वेबसाइट पर पोस्ट हुई। स्वात

से लेकर दुनिया के कई हिस्सों में इस डायरी ने तहलका मचा दिया।

उस समय गुल मकई मात्र 11 वर्ष की थी, जब वर्ष 2009 में उसने यह कहकर तालिबान के खिलाफ दिए एक भाषण में विरोध जताया था, ''कोई मुझसे मेरा शिक्षा का मूल अधिकार कैसे छीन सकता है?'' उसके बाद से ही उसने ब्रिटेन की प्रसारण संस्था की उर्दू सेवा के लिए डायरी लिखनी शुरू की जिसमें उसके बेबाक अन्दाज़ ने उसे रातों-रात मशहूर कर दिया।

तालिबान गुल मकई की बढ़ती शोहरत और निडर टिप्पणियों से तिलमिला उठा था। वह जानना चाहता था कि आखिर यह गुल मकई कौन है। वर्ष 2009 में तालिबान को स्वात से निकालने के लिए फौजी कार्रवाई की गई, वह भी जब विदेशी ताकतों का दबाव पाकिस्तान पर पड़ा तो। फौजी कार्रवाई खत्म होने के बाद दिसम्बर 2009 में गुल मकई का राज़ सबके सामने खुला। उसकी असलियत सामने आते ही न सिर्फ तालिबान भौंचक्का रह गया, वरन स्वात के लोग भी हैरान रह गए। बात हैरानी की थी भी—एक 11 वर्ष की बच्ची की सोच और कलम आखिर इतनी पैनी कैसे हो सकती है जो दुनिया-भर में तहलका मचा दे और तालिबान जैसे क्रूर आर्तंकियों में भी डर पैदा कर दे!

तालिबान ही नहीं, स्वात के लोग भी सोचते थे कि गुल मकई नाम से डायरी लिखने वाली कोई बड़ी उम्र की महिला होगी। पर जब यह बात सामने आई कि गुल मकई और कोई नहीं, उन्हीं की स्वात की 11 वर्ष की बेटी मलाला यूसुफ़ज़ई है तो सबका चौंक उठना स्वाभाविक ही था। आस-पड़ोस, स्कूल, सहेलियों, नाते-रिश्तेदारों, नेताओं और दुनिया में हर तरफ सुगबुगाहटें और सनसनी-सी फैल गई। एक बच्ची...तालिबान से नहीं डरती तो हम क्यों डरें? दुनिया को एक सन्देश मिला...डरो मत, तालिबानी आर्तंकियों का मुकाबला करो।

मलाला ने जो डायरी के पन्ने लिखे, वह एन फ्रैंक की तरह ही हमें उन हालातों से परिचित करवाते हैं, जिनमें वह रह रही थी। मलाला ने अदम्य साहस और तालिबान के साथ अपनी खुली लड़ाई का ऐलान कर यह साबित कर दिया कि शिक्षा पाना उसका अधिकार है और वह उसे किसी भी कीमत पर पाकर रहेगी। तालिबान के साथ उसके विरोध और मतभेद इसीलिए खुलकर सामने आए क्योंकि स्वात घाटी में तालिबान ने लड़कियों के स्कूल जाने पर पाबन्दी तो लगाई ही थी, साथ ही लोगों को डराना-धमकाना भी शुरू कर दिया था। इससे लोगों की ज़िन्दगी और घाटी के माहौल में अशन्ति छा गई थी।

घर से बाहर कदम रखें और कब तालिबान उन पर हमला कर दे, यह सोचकर लोगों ने अँधेरा होते ही घर से बाहर कदम रखना बंद कर दिया था। वे अपनी लड़कियों को तो बहुत सँभालकर रखने लगे थे लेकिन जो लोग विस्थापित होने का दर्द सह सकते थे, वे तो स्वात घाटी ही छोड़कर चले गए थे।

लेकिन मलाला नहीं डरी, बल्कि स्कूल की यूनिफ़ॉर्म जिसे पहनने पर भी पाबन्दी थी, पहनकर ही वह स्कूल जाती। तालिबान ने तब मलाला पर अन्य लड़कियों को भड़काने का इल्ज़ाम तो लगाया ही, साथ ही उसके इस व्यवहार को 'बेशर्मी और पश्चिमी सभ्यता का प्रतीक' भी बताया।

वास्तविकता तो यही है कि मलाला यूसुफ़ज़ई की डायरी और उसके बेबाक जज़्बे ने उसे पाकिस्तान में मशहूर तालिबान के लिए मुसीबत व बाधा बना दिया था। लेकिन तालिबानी हमलावर उस पर गोलियाँ दागने के बावजूद उसकी हिम्मत नहीं तोड़ पाए, बल्कि आज दुनिया के हर गली-चौराहे पर मलाला की हिम्मत के चर्चे हो रहे हैं। न जाने और कितनी लड़कियाँ मलाला बनने को तैयार हो गई हैं।

चुना संघर्ष का रास्ता

'मुझे पढ़ने का अधिकार है

मुझे खेलने का अधिकार है

मुझे बोलने का अधिकार है'

अक्सर ऐसी ही कविताएँ लिखने-गुनगुनाने वाली वह नन्ही बच्ची चाहती थी कि उसके सपनों को ऊँची उड़ान मिले ताकि वह अपने पंखों को फैला एक स्वतन्त्र तथा आत्मनिर्भर ज़िन्दगी जी सके...एक भयमुक्त ज़िन्दगी, जिसमें उसे कुछ साबित करने का मौका मिले...अपने लिए भी और दूसरों के लिए भी।

बच्चों के अधिकारों की कार्यकर्ता के रूप में प्रसिद्ध मलाला यूसुफ़ज़ई के सपने कुछ बहुत ज़्यादा बड़े तो नहीं थे। एक आम लड़की की तरह वह भी एक सामान्य ज़िन्दगी जीना चाहती थी। वह भी चाहती थी कि स्कूल जाए, सखी-सहेलियों के संग खेले और अपनी अम्मी-अब्बू और भाइयों के साथ एक खुशहाल जीवन बिताए। क्या गलत था उसका सोचना? बिलकुल नहीं, लेकिन उसकी इस सोच पर भी पाबन्दी लगाई गई, लेकिन वह फिर से उठ खड़ी हुई और तैयार हो गई अपने अधिकारों के लिए लड़ने के लिए।

12 जुलाई, 1997 को पाकिस्तान के खैबर पख़्तूनख्वाह प्रान्त के स्वात ज़िले में जन्मी मलाला यूसुफ़ज़ई स्वात घाटी के बहुसंख्यक यूसुफ़ज़ई कबीले से ताल्लुक रखती है। स्वात घाटी के जिस मिंगोरा में मलाला का जन्म हुआ वह मिंगोरा तालिबान का गढ़ रहा है। बरसों तक मिंगोरा पर आदिवासी सभ्यता का आधिपत्य रहा और वहाँ पख़्तून निवासी रहते थे, जिनकी धर्म व संस्कृति आपस में गुँथे हुए थे। उनके पख़्तून जीवन और उसकी नियमावली को समझना कठिन कार्य

था जिसकी छाप उनके हर पहलू में दिखाई देती थी। यूसुफ़ज़ई एक विशाल पख़्तून आदिवासी संघ है जो पाकिस्तान की स्वात घाटी में फैला हुआ है, जहाँ मलाला पली-बढ़ी। उसके पिता ज़ियाउद्दीन यूसुफ़ज़ई पेशे से स्कूल का संचालन करने के साथ-साथ एक सामाजिक कार्यकर्ता भी हैं। मलाला पर उन्हें बहुत गर्व था और जन्म के समय जब उन्होंने मलाला को गोद में लिया और उसकी आँखों में एक चमक देखी तो वह जान गए थे कि उनकी बेटी एक दिन दुनिया में अवश्य ही उनका नाम रौशन करेगी। ज़ियाउद्दीन ने अपनी बेटी का नाम अफ़गानिस्तान की पश्तो की मशहूर लोकगायिका और लड़ाका 'मलालाई' के नाम पर रखा। वह अफ़गानिस्तान की *जोन ऑफ़ आर्क* नाम से भी मशहूर थी। उसने सन् 1880 में द्वितीय ब्रिटिश-अफगान युद्ध के दौरान मैवन्द की लड़ाई में अपनी बहादुरी से दुश्मनों के दाँत खट्टे कर दिए थे। 18 वर्ष की उम्र में अफ़गान झंडा उठाकर उसने ब्रिटिश हुक्मरानों के खिलाफ हल्ला बोल दिया था। वह अंग्रेज़ों के साथ युद्ध करने वाले स्वतन्त्रता सेनानियों को अस्त्र पहुँचाती थी। मैवन्द की इस लड़ाई में ही मलालाई शहीद हुई, लेकिन पूरा पख़्तून समाज आज भी उस मलालाई को अपना प्यार देता है।

मलाला का नाम अगर मलालाई से मिलता-जुलता है तो उसका काम भी मलालाई से कहीं कमतर नहीं है। उसने भी महज 11 साल की उम्र में उस कट्टर तालिबान के खिलाफ आवाज़ बुलन्द की जिसके आगे पूरी पाकिस्तानी फौज नतमस्तक होकर खड़ी थी। हालाँकि पश्तो भाषा में 'मलाला' का मतलब होता है—शोक संतप्त, लेकिन अपने नाम के अर्थ को अर्थहीन करते हुए मलाला ने जिस छवि को उजागर किया, यह वही सोच थी जिसके तहत शायद उसके पिता ने मलालाई के नाम पर उसका नाम रखा था।

भोली, मस्त और प्यारी गुलाब-सी खिली मलाला भी अपने इलाके की और लड़कियों की तरह बचपन की आम खुशियों की बाट जोहती। अगर वे खुशियाँ मिल जातीं तो उन्हें सहेज कर रख लेती। अपने घर के बड़े-से आँगन में वह अपने दो छोटे भाइयों के साथ खेलती। मिट्टी से बनने वाली हर आकृति में स्कूल और उसमें पढ़ रहे बच्चों की छवि ही नज़र आती। बगीचे के किसी कोने में किताबों के ढेरों के बीच अक्सर नन्ही मलाला कुछ न कुछ पढ़ती दिखाई देती। भाई उसे छेड़ने के लिए उसकी किताबें उठा कर भागते तो वह दौड़ कर उनका पीछा करती, मानो उसकी बहुमूल्य वस्तु किसी ने उससे छीन ली हो। किताबों

को वह खूब संभाल कर रखती और कागज़ों पर छपे काले अक्षरों को पढ़ते-पढ़ते न जाने क्या-क्या बनने के सपने देख डालती। अपने बिस्तर के पास लगी एक खूँटी पर वह अपनी गहरे नीले रंग की स्कूल यूनिफ़ॉर्म टाँगती और उसे ऐसे सहलाती मानो उसके साथ ही उसके सपने भी टँगे हों। नीले आकाश में फैले तारों की तरह सपने...अच्छी और उच्च शिक्षा पाने के सपने।

स्वात में हर कोई ज़ियाउद्दीन यूसुफ़ज़ई के स्कूल 'खुशहाल पब्लिक स्कूल' के नाम की महत्ता को समझता है। ज़ियाउद्दीन अपनी युवावस्था में ही 17वीं शताब्दी के पख़्तून योद्धा कवि खुशहाल खान खट्टक जो मुगलों के विरुद्ध आवाज़ उठाने के लिए अपने साहस के लिए प्रसिद्ध हैं, की कविताएँ पढ़कर राष्ट्रकवि बन गए थे।

बुजुर्गों के संगठन 'कौमी जिगरा' के लिए उन्होंने काम किया और सेना व स्थानीय अधिकारियों के साथ शहर की बदहाल स्थिति—बिजली में कटौती, गन्दा पानी, सफाई न होना, अपर्याप्त शिक्षा सुविधाओं आदि के खिलाफ़ लगातार आवाज़ उठाते रहे।

किशोर होते-होते ज़ियाउद्दीन स्वात में आए परिवर्तनों के साक्षी बने। उन्होंने दृढ़ निश्चय किया कि वह अपना जीवन बच्चों के, खासकर लड़कियों के स्कूलों का सुधार करने में बिता देंगे। ज़ियाउद्दीन की सोच और दृढ़ निश्चय का प्रभाव बचपन से ही मलाला पर पड़ने लगा था और उसके अन्दर भी कुछ करने की अदम्य इच्छा बलवती होने लगी थी। यूँ भी घर के परिवेश का असर बच्चों पर पड़ता ही है और मलाला भी अपने अब्बू के जज़्बे, सामाजिक कार्यों व कविताओं के शौक से अछूती नहीं रही थी।

मलाला की माँ आम पारम्परिक औरतों की तरह थीं और परदे में रहती थीं। हालाँकि वह मलाला की आज़ादी की पक्षधर थीं और चाहती थीं कि उनकी बेटी खूब पढ़े। अम्मी-अब्बू अपनी लाड़ली मलाला को खूब प्रोत्साहित करते थे। वे कहते थे, ''तुम खुलकर बोलो और जो कुछ सीखना चाहती हो, सीखो।'' बचपन से ही मलाला विभिन्न विषयों पर लम्बे-लम्बे गद्य बहुत ही सिद्धहस्त ढंग से लिख लेती थी।

अपने जीवन के आरम्भिक वर्षों में मलाला खुशहाल पब्लिक स्कूल में ही दो कमरों के एक घर में रहती थी। स्कूल की प्रिंसिपल मरयम खालिकी के चेहरे पर मलाला का नाम सुनते ही एक गर्व का भाव छा जाता है। उन्होंने बताया

कि जब वह दो साल की थी तो सारी क्लासों में दौड़ लगाती। मात्र तीन वर्ष की उम्र में ही वह क्लास में बैठने लगी थी। वह अपनी अध्यापिकाओं की हर बात को ध्यान से सुनती, उसकी आँखों में तब भी एक चमक थी। बड़े बच्चों के पाठ वह नन्ही बच्ची आराम से समझ लेती थी। पाँचवीं कक्षा तक आते-आते मलाला वाद-विवाद प्रतियोगिताओं में भाग लेने लगी थी। वह उर्दू कविता पाठ्यक्रम का हिस्सा थी और क्रान्तिकारी कवि और *पाकिस्तान टाइम्स* के पूर्व सम्पादक फैज़ अहमद 'फैज़' उसके पसन्दीदा शायर थे। इतनी छोटी-सी उम्र में ही कविताएँ लिखना उतनी ही असाधारण बात थी जितना उसका हर चीज़ को बहुत आसानी से समझ लेना। उसे देखकर लगता था कि उसके अन्दर कोई लावा हमेशा धधकता रहता है और एक दिन ज़रूर वह कुछ कर दिखाएगी।

मलाला थी तो एक आम लड़की, लेकिन फिर भी वह अल्हड़ बच्ची औरों से कुछ अलग हट कर थी। वह सहेलियों और अपने भाइयों के साथ छुपन-छुपाई और गिट्टे तो खेलती थी, पर वह सिर्फ खेल कर या शादी करके ही अपनी ज़िन्दगी को कोई आकार नहीं देना चाहती थी। उसकी राहें, उसकी मंज़िल कुछ और ही थी। वह दूसरों के लिए कुछ करना चाहती थी, क्योंकि अपने लिए तो हर कोई जीता है, इसमें नया क्या है! इसीलिए उसने साहस और संघर्ष का रास्ता चुना, क्योंकि नन्ही-सी उम्र में ही वह अपने परिवेश को देख कर जान गई थी कि अपने मकसद को पाने के लिए उसे कदम-कदम पर कठिनाइयों का सामना करना होगा। चुनौतियाँ उसे ललकारेंगी और उसके हौसलों को तोड़ने की कोशिश भी की जाएगी। वह तैयार होने लगी थी अपने बुलन्द इरादों को मज़बूती से थामे।

पाउलो केहोलो की *एल्केमिस्ट* पढ़ने वाली और स्टार प्लस टीवी पर अपने पसन्दीदा शो *माई ड्रीम ब्वॉय विल कम टू मैरी मी* देखने वाली, और अपने वालिद से रूमी की कविताएँ सुनने वाली मलाला 11 वर्ष की उम्र में ही ज़िन्दगी की सच्चाइयों और आतंक की क्रूरता से परिचित हो गई थी और उसका संघर्ष यही दर्शाता है कि उत्तर-पश्चिमी पाकिस्तान की स्वात घाटी से तालिबानों के चले जाने के बाद भी एक 14 वर्षीय लड़की की ज़िन्दगी कितने खौफ, दर्द और कठिनाइयों से भरी है।

बात सन् 2009 की है। स्वात घाटी में अचानक हलचल मच गई। तालिबान ने वहाँ फतवा जारी किया और शरीयत कानून का हवाला देकर लड़कियों के

स्कूल जाने पर रोक लगा दी। उस वक्त मलाला सातवीं कक्षा में पढ़ रही थी। उसे लगा कि जैसे किसी ने उसके पंख काट लिए हों। सारे सपने उसे धूमिल होते दिखाई दिए।

"तो क्या अब मैं पढ़ाई पूरी नहीं कर पाऊँगी?" अपने अब्बू से वह अक्सर पूछती। अपने आसपास के घुटन-भरे माहौल को देख कर वह अपने अब्बू से पूछा करती, "लेकिन यह तो गलत है अब्बू, हमें कुछ करना होगा।" उसके सवाल उसके अब्बू और सहेलियों को भी हैरत में डाल देते।

मलाला तो उनमें से थी ही नहीं जो अन्याय होने देती या तालिबान के इस फतवे को सुन चुपचाप दुबक कर घर में बैठ जाती। उसके अन्दर तो विरोध करने का एक लावा रह-रह कर धधकता रहता था। इसी दौरान उसने दिल को छू लेने वाली एक कविता लिखी, जिसे रावलपिंडी के एक अखबार ने छापा :

मौत के सौदागर भला
धर्म के सेवादार कैसे हो सकते हैं?
इन्हें तो इनसान कहलाने का हक भी नहीं।

उठाई आवाज़

छोटी-सी उम्र में मानवाधिकारों के लिए आवाज़ उठाने का साहस कर और छद्म नाम से बी.बी.सी. उर्दू सेवा के लिए डायरी लिखना आरम्भ कर मलाला ने तालिबान और उसके शरीयत कानून को ललकारा था। तालिबान का जब से स्वात घाटी में वर्चस्व कायम हुआ था, तभी से मलाला बेचैन थी।

तहरीक-ए-तालिबान जिसे टी.टी.पी. या पाकिस्तानी तालिबान भी कहते हैं, पाकिस्तान-अफगानिस्तान सीमा के पास स्थित संघ-शासित जनजातीय क्षेत्र से उभरने वाले चरमपन्थी उग्रवादी गुटों का एक संगठन है। यह अफ़गानिस्तान की तालिबान से अलग है, हालाँकि उनकी विचारधाराओं से काफी हद तक सहमत है। इसका ध्येय पाकिस्तान में शरीयत पर आधारित एक कट्टरपन्थी इस्लामी अमीरात को कायम करना है। इसकी स्थापना दिसम्बर 2007 में हुई जब बैतुल्लाह महसूद के नेतृत्व में 13 गुटों ने एक तहरीक (अभियान) में शामिल होने का निर्णय लिया।

1971 में जिस दिन पूर्वी पाकिस्तान टूटकर बांग्ला देश बना उस दिन पाकिस्तान के निर्माता मोहम्मद अली जिन्ना के सहयोगी राजा महमूदाबाद मृत्यु-शैया पर थे। अपनी आँखें बन्द करने से पहले उन्होंने कहा था, ''हमें मालूम नहीं था कि मज़हब के नाम पर बना पाकिस्तान टिक नहीं सकेगा। मैं जब इस दुनिया से विदा हो रहा हूँ उस समय यथार्थ को देख रहा हूँ कि जिस जोश से हमने पाकिस्तान बनाया था, वह अपने जीवन के 24वें वर्ष में ही टूट गया।''

जब स्वात घाटी में पाकिस्तान सरकार ने तालिबान के सामने घुटने टेक कर स्वात को उनके हवाले कर दिया, उस समय यदि जिन्ना और उनकी मुस्लिम लीग के अगुआ होते तो यही कहते कि पाकिस्तान बनाना उनके जीवन की सबसे

बड़ी भूल थी। पर यह भी सच है कि तालिबान कोई रातोंरात पैदा नहीं हो गए!

जमायते-इस्लामी और झंगी मौलानाओं का पाकिस्तान में हमेशा से दबदबा रहा है। वे पाकिस्तान को इस्लामी शरीयत का देश बनाने के लिए कटिबद्ध थे। स्वात और उसके आसपास क्या चलता रहा, इसका अन्दाज़ा इस बात से लगाया जा सकता है कि घाटी के बड़े शहर मिंगोरा के मुख्य चौक पर हर सवेरे एक सिर कटी लाश उल्टी टँगी नज़र आती थी, जिसका सिर उसकी दोनों टाँगों के बीच रखा होता था। यह सिर ऐसे व्यक्ति का होता था जिसे तालिबान कहीं से फिरौती के लिए उठा लाते थे। स्वात घाटी में कभी 15 लाख की आबादी थी और अब वहाँ केवल 5 लाख लोग बचे हैं।

तालिबानों के शब्दकोश में 'दया' नामक शब्द तो है ही नहीं और विडम्बना तो यह है कि चार विवाह करने की इच्छा रखने वाले ये तालिबान सबसे अधिक कत्ल महिलाओं का ही करते हैं। यही वजह है कि तालिबान के निशाने पर पाकिस्तान की महिलाएँ और लड़कियाँ ही हैं। वह उनके अधिकारों पर हमला करता है, यहाँ तक कि उनके बुनियादी अधिकार भी वहाँ सुरक्षित नहीं हैं जो उन्हें खुद इस्लाम ने दिए हैं। महिलाओं को आज भी पाकिस्तान में गुलाम माना जाता है। ज़्यादातर मुसलमानों को लड़की की पैदाइश एक बोझ लगती है और उसके पैदा होने पर शर्म से उनका सिर झुक जाता है। ऐसा ही हाल तालिबान का है। उन्हें लड़की जात से ही नफरत है। वह उसकी ज़िन्दगी नरक बनाने को आमादा रहता है।

इस्लाम के हिमायती होने का दावा करने वाले तालिबान ने अपने खास मकसद को पूरा करने के लिए शरीयत को लागू किया और जिसने भी इसके खिलाफ आवाज़ उठाई, उसे उसने सज़ा दी। तालिबान ने फरमान जारी कर महिलाओं के बाज़ार जाकर खरीदारी करने पर रोक लगा दी। हालात ऐसे हो गए कि महिलाएँ उन दुकानों का रुख भी नहीं कर सकती थीं जो खास महिलाओं की खरीदारी के लिए होती हैं। तालिबानी फरमान में उन दुकानदारों को भी धमकी दी गई जो महिलाओं को सामान बेचते पाए जाते। इस फरमान के पोस्टर आज भी स्वात घाटी में देखे जा सकते हैं। इनमें साफ-साफ लिखा है कि महिलाओं का बाज़ार जाना इस्लाम के खिलाफ़ है।

तालिबान किसी बाहरी खतरे का स्वरूप नहीं है, न ही उसे रूस या भारत से फंडिंग मिल रही है। नब्बे के दशक में अफ़गानिस्तान में तालिबानी नॉर्दर्न

एलायंस से लड़ रहे थे। उसी दौर में पाकिस्तान के कबाइली इलाकों से हज़ारों की संख्या में पख़्तून के पैदल लड़ाके तालिबान की तरफ से लड़ने अफ़गानिस्तान पहुँचे थे। पाकिस्तान के हुक्मरान और अमेरिका, दोनों ही आज के इस नॉर्थ-वेस्ट फ्रंटियर इलाके के लड़ाका स्वभाव से भली-भाँति परिचित हैं। शायद इसीलिए बड़े पैमाने पर पाकिस्तान में जिन तालिबान लड़ाकों को तैयार किया गया वे इसी नॉर्थ-वेस्ट फ्रंटियर से आते हैं जिसमें यह स्वात घाटी भी है जहाँ की मलाला यूसुफ़ज़ई को तालिबान चरमपन्थियों द्वारा गोली मारकर जान से मारने की कोशिश की गई।

अफ़गानिस्तान में लड़ने के लिए जो तालिबान लड़ाके तैयार किए गए वे सिंध या पंजाब के लोग नहीं थे। वे पाकिस्तान के उसी हिस्से के लोग हैं जो खुद पाकिस्तानी प्रशासन के लिए सबसे बड़ा सिरदर्द हैं। अगर कोई एक खास अन्दाज़ की पगड़ी पहने, चूड़ीदार कुर्ता-पाजामा और सदरी पहने आदमी दिखता है तो तत्काल उसकी पहचान तालिबान के रूप में कर ली जाती है। यह पहनावा इसी नॉर्थ-वेस्ट फ्रंटियर के आदिवासी इलाके का है जो अब तालिबान की पहचान बन चुका है।

वर्ष 2001 में जब तालिबान के स्वर्ग, अफ़गानिस्तान में आग लगी तो वहाँ से जो लड़ाके पड़ोसी पाकिस्तान की ओर आए उनमें अधिकांश इन्हीं पहाड़ी इलाकों में दोबारा बस गए। उस समय पाकिस्तानी तालिबान कमज़ोर था। उन्होंने अफ़गान से आ रहे तालिबानियों की खिदमत की और उसके बदले उनसे काफी पैसे कमाए। सख्त शरीयत कानूनों को लागू करने में भले ही अफ़गानिस्तान में वे असफल हो गए हों, लेकिन आतंक के इस नए स्वर्ग स्वात में शरीयत कानूनों के तहत शासन करने की योजनाओं पर काम शुरू हो गया। 2001 से 2004 तक पाकिस्तानी तालिबानियों की संख्या कई गुना हो गई और अफ़गानी तालिबानियों की संगत में वे ज़्यादा कट्टर हो गए। उसी दौरान उन्होंने तालिबान के लिए एक अलग राज्य की संकल्पना की और उसे आकार देने में जुट गए।

तालिबान के नेता मौलाना फजलुल्लाह के मौलाना रेडियो से सन्देश प्रसारित होने लगे। वे बता रहे थे कि अब शरीयत कानूनों के अनुसार स्वात घाटी में शासन संचालित होगा। पिछले कितने ही वर्षों से खुद पाकिस्तान सरकार यहाँ तालिबान लड़ाकों से लड़ रही है और अमेरिका का जो ड्रोन पाकिस्तान में गिरता है, उसका मुख्य इलाका यही स्वात घाटी ही होता है। लेकिन बरसों से चली आ

रही इस लड़ाई में भी पाकिस्तान प्रशासन और सेना तालिबान को कुछ खास नुकसान नहीं पहुँचा पाई। आज तालिबान के सभी प्रमुख लीडर पाकिस्तान में हैं और पाकिस्तान सरकार को जड़ से उखाड़ फेंकना चाहते हैं। तालिबानियों की इस मुहिम में कश्मीर से लश्कर-ए-तैयबा और हरकत-उल-मुजाहिदीन भी जुड़ चुके हैं।

पाकिस्तानी सेना के साथ-साथ नाटो देशों के फौजियों के लिए सप्लाई लाइन पर हमला करके तालिबान अपनी उपस्थिति दर्शाता रहता। उसने वर्ष 2001 से लेकर 2009 के बीच न सिर्फ जघन्य हत्याकांडों को अंजाम दिया, बल्कि अपनी समझ की इस्लामिक व्यवस्था को भी लागू करना चाहा। खासकर महिलाओं की शिक्षा-व्यवस्था को लेकर तालिबान लड़ाकों की अपनी सोच रही है। स्वात घाटी में उसने उसी सोच को साकार करने की कोशिश की और जब कोई आड़े आया तो उसका सिर धड़ से अलग कर दिया। निश्चित रूप से भले ही ऊपरी तौर पर पाकिस्तान की सेना उस इलाके में तालिबान से लड़ती रही, लेकिन नॉर्थ-वेस्ट फ्रंटियर का मिनरल वैल्यू इतना हाई रहा कि यहाँ शासन करने वाले तालिबान कमांडर के लिए किसी फौजी हुक्मरान से सौदा कर लेना बहुत आसान था।

अफ़गानिस्तान से तालिबान शासन की समाप्ति के बाद सिर्फ तालिबान के आतंकी ही पाकिस्तान के इस इलाके की ओर नहीं आए, बल्कि अमेरिका के द्रोन और पश्चिम के बहुत सारे लेखक, पत्रकार और मीडियाकर्मी भी इस इलाके की ओर उड़ कर पहुँच गए। क्योंकि अभी अमेरिका के दुश्मन नम्बर एक ओसामा बिन लादेन को मार गिराना बाकी था, इसलिए पश्चिमी दुनिया की मीडिया का फोकस अब पाकिस्तान के तालिबान हो गए थे। लम्बे समय तक पाकिस्तान के इस इलाके में अमेरिकी पत्रकार या बुद्धिजीवी अध्ययन और खोजबीन के नाम पर घूमते रहे और लिखते रहे। ओसामा बिन लादेन के मार दिए जाने के बाद बड़ी संख्या में इन बुद्धिजीवियों और लेखकों का यहाँ से पलायन हो गया, लेकिन स्वात घाटी से पलायन करने से पहले ही ब्रिटेन के बी.बी.सी. की नज़र मलाला यूसुफ़ज़ई पर पड़ गई और वह अपनी डायरी के कारण तालिबान की नज़रों में आ गई।

मलाला के पिता ज़ियाउद्दीन यूसुफ़ज़ई शरीयत कानून के नाम पर तालिबान के फतवों का विरोध करते रहते थे और पिता के इसी जज़्बे को मलाला ने बहुत जल्दी अपना लिया था। वर्ष 2009 में जब शरीयत कानून के तहत लड़कियों

के स्कूल न जाने का फतवा जारी हुआ और तालिबान ने लड़कियों के दर्जनों स्कूल विस्फोटों से ध्वस्त कर डाले तो मलाला ने अपने अब्बू से कहा कि आखिर वे कैसे हमें स्कूल जाने से रोक सकते हैं, शिक्षा तो हमारा अधिकार है। लेकिन अन्य बच्चियों के अभिभावकों की तरह उस समय ज़ियाउद्दीन को भी मलाला के स्कूल जाने पर पाबन्दी लगानी पड़ी। तब सातवीं कक्षा में पढ़ रही मलाला ने उर्दू में एक जज़्बाती कविता लिख डाली। उसे रावलपिंडी के एक अखबार ने छाप भी दिया।

मलाला की आवाज़ ने दुनिया-भर में चारदीवारियों में दबी-सहमी लड़कियों को शिक्षा के अधिकार के लिए लड़ने की हिम्मत दे दी। उसने खुद तो लड़कियों के शिक्षा के अधिकारों के लिए तालिबानी क़हर को सहा, लेकिन उसका संघर्ष बेकार नहीं जाएगा। आज पाकिस्तान के बच्चे-बच्चे के मन में एक मलाला पैदा हो चुकी है। गरीबी और आतंकवाद के बावजूद पाकिस्तान की लड़कियाँ अब पढ़ना चाहती हैं।

मलाला के स्कूल में ही पढ़ने वाली एक छात्रा सबा रियाज़ भी उसके जैसी ही बनना चाहती है। उसकी आँखों में एक दृढ़ता दिखाई देती है और हौसला उसके शब्दों से झलकता है। ''दुख होता है कि तालिबान स्कूलों को ढहा रहा है, पर मलाला ने हम सबको शिक्षा के लिए संघर्ष करने का साहस दिया है। इस तरह के हमलों से हम नहीं डरने वाले। हम अपनी पढ़ाई जारी रखेंगे और मलाला ने जो लौ जगाई है, उसे कभी बुझने नहीं देंगे।''

मेरा स्वात

इस्लामाबाद से महज़ 160 किलोमीटर दूर है खूबसूरत स्वात घाटी। इसे 'पाकिस्तान का स्विट्ज़रलैंड' भी कहा जाता है जिसके सौन्दर्य की तुलना हमेशा कश्मीर से होती रही है। करीब 400 वर्ग मील में फैली, बर्फ से ढँके ऊँचे-ऊँचे पहाड़ों और हरियाली से घिरे विस्तृत मैदानों वाली स्वात घाटी की जीवन रेखा है स्वात नदी, जिसका उल्लेख 'ऋग्वेद' में भी मिलता है। यहाँ के प्राकृतिक सौन्दर्य तथा शान्त, सुरम्य वातावरण ने राजाओं से लेकर भिक्षुओं-महात्माओं तक सबको अपनी ओर आकर्षित किया। यहाँ के शान्त तथा सुरम्य वातावरण को देखते हुए प्रसिद्ध बौद्ध सम्राट कनिष्क ने अपनी राजधानी पेशावर से हटाकर स्वात स्थानान्तरित कर दी थी।

यहाँ का बौद्ध इतिहास बहुत ही समृद्ध रहा है। दसवीं सदी तक स्वात घाटी की ज़्यादातर आबादी बौद्ध धर्मावलम्बी थी। तथा यहाँ के लोग बेहद शान्तिप्रिय थे। यह घाटी बौद्ध शिक्षा एवं साधना के एक प्रमुख केन्द्र के रूप में उभरी थी। ऐसी मान्यता है कि स्वयं भगवान बुद्ध ने यहाँ की यात्रा कर स्वातवासियों को अपने उपदेशों से उपकृत किया था। घाटी में छोड़े गए उनके पदचिह्न आज भी स्वात संग्रहालय में सहेज कर रखे गए हैं। सन् 326 ईसा पूर्व में सिकन्दर अपने विश्वविजय अभियान के दौरान स्वात आ पहुँचा और उस पर कब्ज़ा कर लिया। बाद में सम्राट चन्द्रगुप्त मौर्य ने इसे मौर्य साम्राज्य का अंग बना लिया।

स्वात घाटी प्राचीन गान्धार सभ्यता का हिस्सा थी जहाँ की कला विश्वविख्यात है। खासतौर से यहाँ की मूर्तिकला दूर-दूर तक प्रसिद्ध थी। एक समय में इस घाटी में लगभग डेढ़ हज़ार स्तूप तथा बौद्ध मठ स्थापित थे। फिर सन् 1023

में महमूद गज़नवी ने हमला कर हिन्दूशाही हुकूमत का खात्मा कर दिया। मीर उवैस जहाँगीरी स्वात घाटी का आखिरी राजा था और उसका शासन जलालाबाद से झेलम तक फैला हुआ था। इसके बाद यहाँ अफ़ग़ानों के विभिन्न कबीलों ने बारी-बारी से शासन किया।

मुगलों ने एक बार फिर से स्वात पर कब्ज़ा करने की कोशिश की, पर वे नाकाम रहे। इसके बाद यहाँ पर अंग्रेज़ों का शासन कायम हो गया। 1840 के दशक में सूफी सन्त अब्दुल गफूर के नेतृत्व में स्वात के कबीले अंग्रेज़ों के खिलाफ एकजुट हुए, पर अन्ततः अंग्रेज़ों ने उन्हें परास्त कर दिया। हालाँकि सोलहवीं शताब्दी में यूसुफ़ज़ई कबाइली जाति ने मालाकंड-स्वात घाटी पर कब्ज़ा कर लिया था। यूसुफ़ज़ई कबीले की जातियाँ अलग-अलग इलाकों पर शासन करने लगीं, पर कोई केन्द्रीय सत्ता लागू नहीं कर पाई। अगर कबीलों में झगड़ा होता तो वे उसे आपस में ही निपटा लेते, लेकिन बाहरी हमलावरों का मुकाबला करने के लिए सब कबीले एकजुट हो जाते थे। यह प्रणाली सन् 1915 तक लागू रही, जब सभी कबीलों ने मिलकर एक केन्द्रीय शासन प्रणाली गठित करके स्वात को एक देश की तरह स्थापित कर लिया। उन्होंने अब्दुल जाबर खान को अपना केन्द्रीय नेता चुना। वह दो साल तक ही शासन कर सका। उसके बाद मियाँ गुल अब्दुल वदूद केन्द्रीय नेता चुने गए।

मियाँ कुल अब्दुल का अंग्रेज़ों के साथ समझौता हुआ, जिसके तहत ब्रिटिश हुकूमत ने सन् 1926 में उसे 'वली-ए-स्वात' का पद दिया। वली-ए-स्वात ने अपनी प्रशासनिक और न्याय-प्रणाली स्थापित की। उसने दो तरह की अदालतें स्थापित कीं और उनका अलग-अलग कार्यक्षेत्र तय कर दिया। धार्मिक विद्वानों की रहनुमाई में गठित अदालत को 'काज़ी अदालत' और क्षेत्र के तहसीलदारों की रहनुमाई में गठित अदालत को 'न्यायिक अदालत' (जिरगा) कहा गया। सन् 1947 में स्वात पाकिस्तान का हिस्सा तो बना, लेकिन इसे गुल वहूद के नेतृत्व में स्वशासी राज्य बनाए रखा गया। स्वात की प्रशासनिक प्रणाली किसी भी हालत में पूरी तरह शरीयत के मुताबिक नहीं थी, इसलिए सन् 1949 में कुछ मुस्लिम नेताओं ने इस्लामिक कानून लागू करने की माँग की, लेकिन उसे ठुकरा दिया गया।

स्वात शासन के तहत आने वाले डीर, मालाकंड और बाजौर इलाके 1960 में पाकिस्तान में शामिल हुए थे जबकि स्वात घाटी का विलय सन् 1969 में हुआ और उसके साथ ही गुल वहूद की संप्रभु राज्य के रूप में दी गई मान्यता व

उसके स्वशासी राज्य की व्यवस्था को पूरी तरह समाप्त कर दिया गया।

ब्रिटिश शासन खत्म हो जाने के बाद भी स्वतन्त्र रहे इन तीनों क्षेत्रों—डीर, मालाकंड और बाजौर को क्षेत्रीय प्रशासित कबाइली क्षेत्र 'पाटा' घोषित करके ज़िले का दर्जा दिया गया। पाकिस्तान में पुलिस प्रशासन लागू करके वहाँ ज़िला मजिस्ट्रेट तैनात कर दिया गया, लेकिन न्यायिक प्रणाली 'जिरगा' आधारित ही रखी गई। सन् 1992 में पाकिस्तान के वकीलों ने एक याचिका दायर करके जिरगा प्रणाली को चुनौती दी, ताकि इस्लामिक कानून लागू हों और वकीलों को फायदा हो। अदालत के फैसले के बाद 'पाटा' में लागू कानून प्रणाली तो खत्म कर दी गई लेकिन कोई वैकल्पिक व्यवस्था लागू नहीं की गई। इससे न्यायिक व्यवस्था ठप्प पड़ गई, जिससे जनता में असन्तोष पैदा हो गया। इसी स्थिति के खिलाफ मौलाना सूफी मोहम्मद ने तरीक़-ए-निफाज-ए-शरीयत-ए-मोहम्मद (टी.एन.एस.एम.) का गठन किया। सूफी मोहम्मद ने जब नवम्बर 1994 में टी.एन.एस.एम. का गठन किया, ठीक उसी समय तालिबान ने कन्धार पर कब्ज़ा कर लिया। मुल्ला उमर ने मदरसे के सिर्फ 50 छात्रों को साथ लेकर तालिबान आन्दोलन शुरू किया था। कन्धार पर तालिबान का कब्ज़ा होते ही पाकिस्तानी मदरसों में पढ़ रहे हज़ारों छात्रों ने अफ़गानिस्तान की तरफ कूच करना शुरू कर दिया और एक महीने के अन्दर दिसम्बर 1994 में बारह हज़ार तालिबानी लड़ाकों की फौज खड़ी हो गई।

इसका असर पाकिस्तान की स्वात घाटी पर पड़ा, जहाँ सूफी मोहम्मद की रहनुमाई वाले टी.एन.एस.एम. ने छह ज़िलों पर कब्ज़ा कर लिया। वर्ष 1994 में स्थिति अपने हाथ में लेने के लिए स्वात समेत मालाकंड डिवीज़न और कोहिस्तान में निज़ाम-ए-शरीयत लागू कर दिया। यह करीब-करीब वैसी ही कानून व्यवस्था थी जैसी कि वर्ष 1992 से पहले वहाँ लागू थी। लेकिन काज़ी अदालतों में फैले भ्रष्टाचार के कारण पाकिस्तानी सरकार के खिलाफ जनता का आक्रोश खत्म नहीं हुआ। इसलिए टी.एन.एस.एम. ने कानून-व्यवस्था को बदलने और इस्लामिक कानून लागू करने के लिए अपना आन्दोलन और तेज़ कर दिया।

इसी बीच अमेरिका पर ओसामा बिन लादेन द्वारा किए गए हमलों ने हालात को एक नया मोड़ दे दिया। अमेरिका की ओर से अफ़गानिस्तान पर हमले का समर्थन करने के कारण पाकिस्तान में परवेज़ मुशर्रफ के खिलाफ भारी जन-आक्रोश पैदा हो गया था। मौलाना सूफी मोहम्मद ने हज़ारों नौजवानों के साथ काबुल

की तरफ कूच कर दिया। अफ़ग़ानिस्तान से लौटते हुए पाकिस्तान सरकार ने उसे गिरफ्तार कर लिया। मौलाना की गिरफ्तारी के बाद उनके दामाद मौलवी फजलुल्लाह ने उसकी कमान अपने हाथ में ले ली। अपने ससुर से कहीं ज़्यादा कट्टर आतंकवादी को 'मौलाना रेडियो' के नाम से जाना जाता है, क्योंकि उसने इस्लामिक क्रान्ति और पाकिस्तान सरकार के खिलाफ प्रचार के लिए रेडियो द्वारा प्रसारण करना शुरू किया। मौलाना फजलुल्लाह का दबदबा लगातार बढ़ते रहने के कारण पाकिस्तान की फौज को आए दिन फजलुल्लाह के आतंकवादियों से मुठभेड़ का सामना करना पड़ता है।

अपनी जन्मभूमि को प्यार से 'मेरा स्वात' कहने वाली मलाला यूसुफ़ज़ई के स्वात में पिछले कुछ वर्षों से आतंक छाया हुआ है। आए दिन वहाँ खून की होलियाँ खेली जाती हैं और स्वात घाटी खौफ के साये में डूबी हुई है। भले ही स्वात में पाकिस्तान का राष्ट्रध्वज लहराता हो, पर हुकूमत वहाँ तालिबान की चलती रही है। आतंकवाद और चरमपन्थ से प्रभावित घाटी में जन-जीवन यों तो सामान्य चलता प्रतीत होता है, लेकिन हमेशा एक अनिश्चितता का माहौल छाया रहता है।

वर्ष 2010 में खैबर पख्तूनख्वाह प्रान्त के तीन ज़िलों—स्वात, शांगला और बुनैर में पाकिस्तानी सेना ने तालिबान विद्रोहियों के खिलाफ व्यापक स्तर पर अभियान चलाकर इलाकों पर अपना नियन्त्रण कर लिया था।

लेकिन सेना के स्वात घाटी में होने से वहाँ अनिश्चितता का माहौल व्याप्त हो गया क्योंकि तालिबान ही नहीं, बल्कि शहर के निवासी भी अक्सर सेना की ज़्यादतियों का शिकार बन जाते थे। चाहे तालिबानी विद्रोही हों या पाकिस्तानी सेना—दोनों ने अपनी सत्ता कायम करने के लिए लोगों में खौफ पैदा कर दिया था।

एक समय था जब यह इलाका बेहद शान्त होने के साथ-साथ पाकिस्तान से कहीं अधिक विकसित था। शिक्षा, स्वास्थ्य, यातायात व्यवस्था, पर्यावरण तथा कानून व्यवस्था जैसी ज़रूरतों पर समुचित ध्यान दिया जाता था। पाकिस्तानी शासन के अधीन आते ही यह सारी व्यवस्था छिन्न-भिन्न हो गई। अब यहाँ की सड़कें, स्कूल व अस्पतालों की इमारतें सब टूटी-फूटी हालत में हैं।

मलाला ने क्रूर तालिबान के विरुद्ध अपनी डायरी में लिखे विचारों को सार्वजनिक करके प्रशंसनीय काम किया। हालाँकि अपनी डायरी के माध्यम से

उसकी माँग सबके लिए ऐसा शिक्षित देश विकसित करने की थी जो कि विश्व में अपनी पहचान बना सके। जहाँ तक पाकिस्तान में धर्म का सवाल है, तो रूढ़िवादी व उदारवादी अपनी-अपनी मान्यताओं का पालन करते हैं।

वहाँ की महिलाओं का जीवन-स्तर बेहद साधारण है। आमतौर पर वे सलवार-कमीज़ व बुरक़ा आदि पहनती हैं ताकि उनके शरीर का कोई भी अंग बेपरदा न रहे। खान-पान में वे मूल रूप से मांसाहारी होती हैं तथा अपने धर्म में पूरी आस्था रखती हैं। वे चाहे रमज़ान के रोज़े हों या फिर ईद-मुहर्रम जैसे त्योहार—इन सबके प्रति उनकी श्रद्धा-आस्था अटूट रहती है। वे परपुरुषों के सामने आने या बातचीत करने से परहेज़ करती हैं लेकिन जीवन के किसी मोर्चे पर वे कमज़ोर नहीं हैं। मलाला के अम्मी-अब्बू भी तमाम धार्मिक मान्यताओं का सम्मान करते हुए चाहते थे कि उनकी बेटी मलाला पढ़-लिखकर उनके समाज को बेहतर बनाने में योगदान दे।

'शाइनिंग यंग गर्ल'

पाकिस्तान के लोगों के लिए आज मलाला साहस की प्रतिमूर्ति तो है ही, साथ ही वह उनकी एकमात्र ऐसी आवाज़ साबित हुई है जिसने उन्हें यह सोचने पर मजबूर कर दिया है कि आतंकियों से बखूबी निबटा जा सकता है। ज़रूरत है तो केवल विकल्पों और मज़बूत इरादों की। जब तालिबानी आतंकियों ने इस आवाज़ को खामोश करने की नाकाम कोशिश की तो इससे लोगों के इरादे बुलन्द हो गए। मलाला अपनी स्कूली यूनिफ़ॉर्म पर लगे धब्बों को देखकर घबराई नहीं थी, बल्कि उसने उस यूनिफ़ॉर्म को संभाल कर रख लिया है ताकि उसका अन्याय के खिलाफ डटे रहने का जज़्बा कायम रहे।

उसकी यूनिफ़ॉर्म पर लगे खून के वे धब्बे दर्शाते हैं कि जब तक साँस और आस है, तब तक उसका संघर्ष भी जारी रहेगा। वह संघर्ष जो सालों से बेजान-सा पड़ा था, मलाला के इरादों की गन्ध पाकर एकाएक जाग खड़ा हुआ है।

स्वात घाटी के उत्तर-पूर्वी हिस्से से तीन घंटों की दूरी पर स्थित पर्वतीय ज़िला मिंगोरा उस समय सेना के कब्ज़े में था। सेना के सिपाही चारों तरफ गश्त लगाते रहते थे और लोगों की ज़िन्दगी को नियन्त्रित करने में लगे रहते थे।

बात नवम्बर 2007 की है। पेशावर, पाकिस्तान के *डॉन टेलीविज़न न्यूज़* ब्यूरो के एडीटिंग पैनल पर कम्प्यूटर स्क्रीन पर चमकती भूरी आँखों वाली एक लड़की दिखाई दी। ब्यूरो चीफ के पास से गुज़रते हुए एक रिपोर्टर सईद इफरान अशरफ इस एडिट को देखने के लिए रुका जिसे उर्दू से रात की खबरों के लिए अंग्रेज़ी में अनूदित किया गया था और तभी उसे एक लड़की की आवाज़ सुनाई दी। ''मैं बहुत डरी हुई हूँ,'' उसने काँपते स्वर में कहा। ''पहले स्वात में स्थिति

बहुत शान्तिपूर्ण थी, पर अब बहुत बिगड़ गई है। आजकल मेरे स्वात में बम धमाके बहुत होने लगे हैं। हम सो नहीं पाते। हमारे भाई-बहन, दोस्त—सब भयभीत हैं और हम स्कूल नहीं जा सकते हैं,'' वह उर्दू में बोल रही थी और उसके लहज़े में एक ग्रामीण बच्ची की घुटन थी।

''यह लड़की कौन है?'' अशरफ़ ने ब्यूरो चीफ से पूछा। स्थानीय भाषा पश्तो में उन्होंने जवाब दिया, ''ताकरा जेनाई।'' ताकरा जेनाई का अर्थ होता है—एक चमकती हुई किशोर लड़की—अ शाइनिंग यंग गर्ल।' अशरफ ने यह सुन जब हैरानी से उनकी ओर देखा तो वह बोले, ''मेरे ख़याल से इसका नाम मलाला है।''

दरअसल, उस दिन सुबह ही यह ब्यूरो चीफ मिंगोरा स्थित खुशहाल पब्लिक स्कूल गए थे। रास्ते में काली पगड़ियाँ पहने तालिबानी सैनिक कारों में से कार-चालकों को खींच-खींच कर बाहर निकाल रहे थे और जाँच रहे थे कि उसमें किसी तरह की डी.वी.डी., शराब या कोई ऐसी चीज़ तो नहीं जो शरीयत कानून की तौहीन करती है। हाजी बाबा रोड पर बनी स्कूल की दोमंज़िला इमारत बाज़ार से ही दिखने लगती है। उसकी सीमेंट की दीवार के एक कोने पर बना खुशहाल पब्लिक स्कूल का लाल निशान दूर से ही दिखाई दे जाता है। उस पर स्कूल का मूलमन्त्र भी अरबी भाषा में लिखा है : 'ऐ मेरे अल्लाह! मुझे और अधिक ज्ञान दो!' स्कूल के अन्दर स्थित सर इज़ाक न्यूटन की मूर्ति के नीचे लड़कियाँ अपने स्कार्फ उतारती हैं और अपने बस्तों को बेंच पर रख देती हैं। हँसती-खेलती-भागती लड़कियों की चहचहाहट से स्कूल गूँज उठता है।

खुशहाल पब्लिक स्कूल में शिक्षा का माध्यम यूँ तो अंग्रेज़ी है मगर अंग्रेज़ी के अलावा वहाँ पश्तो, उर्दू, फिजिक्स, बॉयोलॉजी, मैथ्स और इस्लामिक विषय भी पढ़ाए जाते हैं।

ब्यूरो चीफ स्कूल की चौथी कक्षा में पढ़ने वाली लड़कियों से मिले। उन्होंने पूछा, ''क्या कोई लड़की तालिबानी आतंक और स्कूलों के नष्ट किए जाने के बारे में टी.वी. पर इंटरव्यू देना चाहेगी?'' तब उनकी उम्मीद के विपरीत अनगिनत हाथ उठ खड़े हुए।

ब्यूरो चीफ यह देखकर हैरान रह गए। लड़कियों की हिम्मत और जोश उन्हें छू गया। जनता के सामने या सार्वजनिक रूप से लड़कियों का बोलना आम बात नहीं थी, इसलिए उनकी हैरानी स्वाभाविक ही थी। ब्यूरो चीफ के लिए तय

कर पाना मुश्किल हो रहा था कि किस लड़की को चुना जाए लेकिन फिर अन्य लड़कियों और स्कूल की प्रिंसिपल ने उनका काम आसान कर दिया। भूरी आँखों वाली एक लड़की का इन्टरव्यू टी.वी. पर उस रात की खबर बना।

अगले दिन ब्यूरो चीफ जब स्कूल के मालिक ज़ियाउद्दीन यूसुफ़ज़ई से मिले और उस लड़की के बारे में बताते हुए उसकी निडरता की खुल कर तारिफ की तो ज़ियाउद्दीन मुस्करा उठे।

ब्यूरो चीफ ने जब उनके मुस्कराने की वजह पूछी तो वह बहुत गर्व से बोले, ''वह मेरी बेटी मलाला है।'' यह सुन ब्यूरो चीफ भी मुस्करा उठे। उच्चशिक्षित ज़ियाउद्दीन इस बात को भली-भाँति जानते थे कि वे पाकिस्तान के जिस कट्टरपंथी ग्रामीण समाज का हिस्सा हैं, उसे कराची और लाहौर का अभिजात्य वर्ग अपनाने को तैयार नहीं है। इसलिए उनके परिवार के लिए राष्ट्रीय चैनल में कुछ क्षण दीखना, और वह भी उनकी बेटी का, बहुत बड़ी बात थी।

रिपोर्टर सईद इफरान अशरफ़ कई दिनों तक टी.वी. स्क्रीन पर मलाला के दिखाई देने वाली चेहरे को नहीं भूल पाए। उन्होंने ब्यूरो चीफ से कहा, ''वह है तो एक आम लड़की, पर स्क्रीन पर असाधारण लगती है।''

केवल स्क्रीन पर ही नहीं, मलाला वास्तविक जीवन में भी असाधारण ही साबित हुई। तभी तो आज पूरी दुनिया इस बहादुर लड़की से परिचित है जिसने अपने और अपनी जैसी दूसरी लड़कियों के हकों के लिए अपनी जान की भी परवाह नहीं की।

टी.वी. स्क्रीन पर दिखने के बाद से मलाला स्कूल और अपने मोहल्ले में सबकी चहेती बन गई थी। उसके साथ एक स्टार की तरह व्यवहार किया जाने लगा था। यूँ तो किसी लड़की का टी.वी. पर आना बहुत बड़ी बात थी। लेकिन मलाला की सोच में इस ख्याति से कोई बदलाव नहीं आया, बल्कि वह तो अपने जैसी लड़कियों के अधिकारों के लिए एक पुख्ता ज़मीन बनाने में जुटी थी ताकि वह अपनी पहचान बनाने में उनकी मदद कर सके।

स्वात घाटी में आए दिन होने वाली हिंसा में घायलों तथा मृतकों को देख-देखकर मलाला कम उम्र में ही जान गई थी कि ऐसे माहौल में कैसे रहना चाहिए और तभी उसने अपने पिता के दृढ़ संकल्प को कि स्वात घाटी में बदलाव लाना है, अपने जीवन का एकमात्र मकसद बना लिया था।

बढ़ती दहशत

वे बहुत ही भयावह दिन थे। दिसम्बर का महीना था तथा चारों तरफ कड़ाके की ठंड और धुंध छाई रहती थी। लोग घरों में दुबके रहते थे। वह वर्ष था 2008 का। सुबह का समय था। लोग काम-धन्धों के लिए निकले थे और बाज़ारों में चहल-पहल थी। अचानक शोर का मानो एक सैलाब-सा उमड़ पड़ा। चारों ओर चीख-पुकार मच गई। बिना कुछ समझे-जाने लोग एक-दूसरे की देखा-देखी घबरा कर इधर-उधर भागने लगे। आसमान में घूमते हेलीकॉप्टरों की ज़ोरदार गर्जना हो रही थी और ज़मीन पर टैंकों का जाल-सा बिछ गया था।

हेलीकॉप्टरों और टैंकों ने मिंगोरा को घेर लिया था। सेना अपनी पूरी ताकत से आतंकियों को हटाने में जुट गई थी, पर उनके हाथ नाकामयाबी आई थी। चारों ओर हाहाकार मच गया। जान बचाने की कोशिश में शहर खाली होने लगा। मलाला ने यह मंज़र अपनी आँखों से देखा। उस समय वह सिर्फ 12 वर्ष की थी। चूँकि तालिबानी क़हर का दृश्य वह बहुत बार देख चुकी थी, इसलिए उसके लिए घाटी में छाया मौत जैसा सन्नाटा कोई नई बात नहीं थी। लोग घाटी छोड़कर जा रहे थे और काफी तो जा चुके थे।

मलाला के भीतर न जाने कितने विचार आ-जा रहे थे। आखिर उसके स्वात में यह क्या हो रहा था?

उसने बाद में इस स्थिति के बारे में लिखा था, ''अमीर लोग तो स्वात से बाहर चले गए, पर गरीबों के पास वहीं रहने के अलावा और कोई विकल्प नहीं था। मुझे जुम्मे से डर लगता था, क्योंकि आत्मघाती हमलावरों को लगता था कि उस दिन किसी की जान लेने का विशेष महत्त्व होता है।''

वक्त बीतने के साथ-साथ दहशत भी बढ़ती जा रही थी। नया साल दस्तक दे रहा था, पर वह अपने साथ उम्मीदों और राहत का पैगाम लाने में नाकामयाब साबित हुआ। दहशत की पराकाष्ठा तो तब हुई जब शबाना नामक एक डांसर की हत्या कर आतंकियों ने उसके शरीर को ग्रीन स्क्वेयर नामक स्थान पर छोड़ दिया ताकि लोग देख सकें कि उनसे टकराने का अंजाम कितना बुरा हो सकता है। मिंगोरा में ग्रीन चौक एक विशेष पहचान रखता है। यहाँ अनगिनत दुकानें व बाज़ार हैं। तालिबान के शासन में यह जगह लाशें लटकाए जाने के लिए मशहूर हो गई थी और इसे 'खूनी चौक' नाम दिया गया।

मलाला ने यह सब अपनी आँखों से देखा लेकिन वह डरी नहीं। ''वे मुझे नहीं रोक सकते। मैं अपनी स्कूली शिक्षा पूरी करके ही रहूँगी—चाहे घर पर, स्कूल में या किसी अन्य जगह ही मुझे पढ़ाई क्यों न करनी पड़े। मेरी तमाम मुल्कों से गुज़ारिश है कि वे हमारे स्कूलों को बचाएँ। तालिबानी हमलावरों ने हमारे 150 से भी अधिक स्कूलों को नष्ट कर दिया है। हमारी दुनिया को आप बचाएँ, हमारे पाकिस्तान को बचाएँ। हमारे स्वात को बचाएँ।'' मलाला ने पाकिस्तान टी.वी. पर गुहार लगाई।

एक दिन स्कूल में भी मलाला ने लड़कियों के बीच बड़ा जज़्बाती भाषण दे डाला। उसने सब लड़कियों को कसम दिलाई कि वे जान दे देंगी, लेकिन स्कूल आना बन्द नहीं करेंगी।

स्वात में अक्सर बम धमाकों की आवाज़ें सुनाई देतीं। कई-कई दिनों तक घरों की बिजली काट दी जाती। धीरे-धीरे स्वात घाटी में तालिबान की उपस्थिति स्पष्ट रूप से दिखाई देने लगी। उसका दायरा बढ़ने लगा और एक समय ऐसा आया जब मिंगोरा और स्वात घाटी पर उसने कब्ज़ा ही कर लिया।

इस्लामाबाद की लाल मस्जिद खंडहर में तब्दील कर दी गई। जब सरकार ने सेना भेजी तो तालिबान के नेता फजलुल्लाह ने स्वात में युद्ध की घोषणा कर दी। स्कूलों में विस्फोट रात के समय होते थे, क्योंकि तब कोई नहीं होता था।

15 जनवरी, 2009 को तालिबान ने यह आदेश दिया कि स्वात में लड़कियों के सारे स्कूलों को बन्द कर दिया जाए। मलाला का स्कूल जाना बन्द हो गया। उसने तब कहा, ''आखिर तालिबान कैसे शिक्षा को रोकने की कोशिश कर सकता है?''

लेकिन तालिबान ने तो महिला शिक्षा के विरुद्ध जेहाद छेड़ दिया था। स्कूलों को नष्ट करने के साथ-साथ उसने अनगिनत शिक्षकों को भी मौत की नींद सुला दिया था। कन्या विद्यालयों में वह धमकी-भरे पर्चे बाँट रहा था। जगह-जगह, खासकर बाज़ारों में वह इश्तहार लगा रहा था कि लड़कियाँ पढ़ने के लिए न जाएँ, वरना नतीजा बहुत बुरा होगा।

पेशावर के निकट स्थित डेरा आदमखोर के कन्या विद्यालय में नोटिस बोर्ड पर इश्तहार लगाकर उसने बम रखने की सूचना दी। उसने निर्देश दिए कि लड़कियाँ फैशनपरस्ती से दूर रहें और तड़क-भड़क वाले कपड़े पहनने के बजाय सफेद बुर्के से हमेशा ढकी रहें।

अफ़गानिस्तान के सीमावर्ती क्षेत्रों में खोले गए कन्या विद्यालय और 180 कम्युनिटी स्कूल आतंकवादियों ने पूर्णतः बन्द करवा दिए। अंग्रेज़ी माध्यम के कई सरकारी और पब्लिक स्कूल भी यह कह कर बन्द करवा दिए कि वे पश्चिमी सभ्यता के हिमायती हैं।

नया साल शुरू हो चुका था और उसके साथ ही लोगों के स्वात घाटी को छोड़कर जाने का सिलसिला भी। ज़ियाउद्दीन स्वात को छोड़ कर जाने के पक्ष में नहीं थे। तब उनके रिश्तेदारों और पड़ोसियों ने समझाया कि अभी ज़िद या विरोध करने का समय नहीं है। ज़िन्दा रहे तो आतंकियों के खिलाफ आवाज़ उठाई जा सकती है। मलाला अपनी अम्मी, वालिद और दोनों छोटे भाइयों के साथ इस्लामाबाद चली गई। लेकिन 'मेरा स्वात' कहने वाली मलाला स्वात घाटी में चल रही उथल-पुथल के बावजूद स्वात को भूलने में नाकामयाब रही।

इस्लामाबाद शहर के बारे में उसका कहना था :

"इस शहर में मैं पहली बार आई हूँ। यह बहुत ही सुन्दर शहर है। यहाँ बड़े-बड़े बंगले हैं और चौड़ी-चौड़ी सड़कें भी। पर स्वात घाटी की तुलना में यहाँ प्राकृतिक सौन्दर्य का अभाव है।"

कुछ दिन इस्लामाबाद रहने के पश्चात् वे अपने रिश्तेदारों के यहाँ पेशावर चले गए। एक दिन मलाला ने अपने पाँच वर्षीय भाई को बगीचे में खेलते हुए मिट्टी खोदते हुए देखा। उसके सारे कपड़े गन्दे हो गए थे। वह यह देख बहुत हैरान हुई कि आखिर भाई मिट्टी क्यों खोद रहा है। वह आगे बढ़कर उससे मिट्टी खोदने वाला औज़ार लेना ही चाहती थी कि तभी उनके वालिद वहाँ आ गए। उन्होंने गुस्से से पूछा, "तुम यह क्या कर रहे हो?"

तब मलाला का भाई बड़ी मासूमियत से बोला, "मैं कब्र खोद रहा हूँ। इसमें तालिबानी आतंकियों को दफनाऊँगा।" यह सुन ज़ियाउद्दीन और मलाला—दोनों ही सकते में आ गए। मलाला को महसूस हुआ कि उसके मासूम भाइयों पर युद्ध का कितना असर पड़ रहा है।

मार्च 2009 तक मिंगोरा किसी भुतहा शहर में तब्दील हो चुका था। तालिबान राजधानी से 100 किलोमीटर दूर बूनेर तक पहुँच गए थे। पाकिस्तानी सरकार ने सेना के और जवान उन्हें वहाँ से खदेड़ने के लिए भेजे लेकिन आतंकियों के हौसले पस्त होने के बजाय निरन्तर बढ़ते ही गए।

तब तक तालिबानी ताकतें अफ़गानिस्तान व वज़ीरिस्तान क्षेत्र के सैकड़ों स्कूलों व शिक्षण संस्थानों का नामोनिशान तक मिटा चुके थे। उन हथियारबन्द वहशी दरिंदों की सोच थी कि स्कूली शिक्षा गैर-इस्लामी है।

14 अप्रैल, 2009 को पाकिस्तानी राष्ट्रपति पद आसिफ अली ज़रदारी ने सँभाला। तालिबान ने पाकिस्तानी सरकार को धमकी दी थी कि स्वात समझौते का विरोध करने वाले गैर-इस्लामी माने जाएँगे। तब भारत और अमेरिका सहित दुनिया-भर के मुल्कों ने इस समझौते का विरोध किया।

बहुत दिनों तक ज़ियाउद्दीन स्वात घाटी से बाहर नहीं रह पाए, इसलिए स्वात घाटी लौट आए। मलाला तो सबसे ज़्यादा खुश थी, लेकिन स्वात की हालत देख वह अवाक् रह गई। अपने अब्बू से वह बोली, "मेरे स्वात को किसकी नज़र लग गई है कि यह कितना बेजान और उजाड़ लग रहा है। लोगों के चेहरों पर सिर्फ डर है, कहाँ खो गई है उनकी मुस्कराहट? अब्बू, तालिबान ने मेरे स्वात के लोगों की हँसी छीन ली है। अब्बू बताओ न, हम उनकी हँसी वापस लाने के लिए क्या करें?"

मलाला के सवालों का उनके पास कोई जवाब न था। आखिर क्या कहते ज़ियाउद्दीन? खून उनका भी खौल रहा था। लड़कियों के स्कूल अभी भी बन्द थे, सड़कें वीरान रहती थीं और हर ओर एक भयानक सन्नाटा पसरा रहता था। मलाला और उसके भाई सारा दिन घर में रह कर ही खेलते या पढ़ते। "हम बहुत खेलते थे और हमारे बीच लड़ाई-झगड़ा भी खूब होता था, पर जल्द ही आपस में सुलह हो जाती थी। उसके बाद हम जम कर कम्प्यूटर गेम्स खेलते।" मलाला ने कहा।

मलाला अपने भाइयों के साथ खेलकर बेशक अपना मन बहलाने की कोशिश करती, लेकिन उसके अन्दर का ज्वालामुखी हमेशा धधकता रहता। जब भी वह अपनी किताबों को हाथ लगाती तो उसमें लिखे अक्षरों को पढ़ते-पढ़ते हमेशा यही ख्याल उसे आता कि पढ़ना उसका अधिकार है और आखिर तालिबान उसे कैसे उससे छीन सकते हैं? वह अक्सर अपने वालिद से पूछती, ''कोई हमारी मदद क्यों नहीं कर पा रहा है? क्यों हमें पढ़ने से रोका जा रहा है?''

डायरी में लिखी सच्चाई

अपने भीतर धधकते ज्वालामुखी को शान्त करने और अपना हक पाने के इरादे से मलाला ने जब देखा कि कोई मदद करने को आगे नहीं आ रहा है तो उसने अपनी तरफ से कोशिशें करनी शुरू कर दीं। उसने दूसरी लड़कियों को पढ़ाई जारी रखने और स्कूल जाने के इरादों को मज़बूत करने के लिए एक अभियान शुरू किया। वह घर-घर जाकर, लड़कियों से मिल कर उन्हें उनके अधिकारों के बारे में जागरूक करने लगी। धीरे-धीरे वह चर्चा में आने लगी। हालाँकि उसकी सहेलियाँ तो पहले से ही उसकी बहादुरी की कायल थीं।

वह कभी अखबारों में लिखकर, तो कभी टी.वी. पर कट्टरपन्थियों के ख़िलाफ़ बयान देकर उन्हें चुनौती देने लगी। उसकी कविताओं में विरोध के स्वर होते और कुछ कर गुज़रने का हौसला भी।

बी.बी.सी. के संपादक लम्बे समय से इस तलाश में थे कि कोई छात्रा कई सालों से चले आ रहे तालिबानियों के राज व आतंक के बारे में लिखे तथा घाटी के हालातों को सारी दुनिया के सामने लाए। कई लड़कियाँ तैयार भी हुईं, लेकिन मौत के सौदागर तालिबान की धमकियाँ उन्हें पीछे हटने और अपना मुँह बन्द रखने के लिए मजबूर कर देतीं। वैसे भी उनके माता-पिता अपनी बच्चियों को ऐसा करने की इजाज़त नहीं दे रहे थे। मलाला की लोकप्रियता और तालिबान के विरोध में अभियान चलाते देख बी.बी.सी. की उर्दू सेवा ने जब उससे सम्पर्क किया तब ज़ियाउद्दीन यूसुफ़ज़ई आगे आए और बी.बी.सी. के सम्पादक से कहा, "क्या आप मेरी बेटी से ब्लॉग लिखवाना चाहेंगे? वह छोटी है, पर ब्लॉग लिख सकती है।"

और फिर शुरू हुआ मलाला यूसुफ़ज़ई की ज़िन्दगी का एक नया अध्याय और उसे मिली एक नई पहचान। उसकी असली पहचान छिपाने के लिए उसे नाम दिया गया 'गुल मकई' (मक्के का फूल) और इस तरह वह बी.बी.सी. पर 'ब्लॉग' लिखने लगी जो 'मलाला की डायरी' के नाम से मशहूर हुआ।

मलाला को छद्म नाम गुल मकई बी.बी.सी. उर्दू सर्विस के भूतपूर्व रिपोर्टर अब्दुल होई कक्कड़ ने दिया था। वह स्वात की एक विशेष प्रतीतात्मक अभिव्यक्ति देना चाहते थे ताकि लोग मलाला की डायरी को पत्रकारिता के आईने में देखें। वह डायरी को तालिबानी आतंक तथा त्रासदी के मानवीय चेहरे के रूप में प्रस्तुत करना चाहते थे।

जिस उम्र में बच्चे होमवर्क करने से भी कतराते हैं, उस उम्र में स्कूल न जा पाने की बेबसी में मलाला ने डायरी लिखी। मलाला की डायरी स्वात घाटी के किसी भी इन्सान, इलाके और उसमें रह रहे बच्चों की कठिन परिस्थितियों को समझने का बेहतरीन आईना है। 3 जनवरी, 2009 से लेकर 12 मार्च, 2009 तक प्रसारित उसकी डायरी के हिस्सों को पढ़ते हुए उसका लेखन कोई चमत्कारिक लेखन नहीं लगता, लेकिन उसकी हिम्मत तारीफ़ के काबिल थी। उसका लेखन गैर-राजनीतिक था, पर स्पष्ट रूप से उसमें महिला शिक्षा की इच्छा झलकती थी। उसमें उसने अधिकांशतः अपने स्कूल, पढ़ाई, घर व सहेलियों की बात की तथा सीधे-सादे शब्दों में उसने तालिबान को चुनौती दी। बी.बी.सी. में उसकी डायरी के पन्नों के छपने के बाद पश्चिमी मीडिया में मलाला 'इक्कीसवीं सदी की मलालाई' के रूप में चर्चित हो गई।

ज़ियाउद्दीन ने ऐसे समाज में अपनी बेटी को उभरने का मौका दिया जहाँ वह हर रोज़ लाशों को देख रही थी। स्वात घाटी में जहाँ लोगों को किसी लड़की की आवाज़ तक सुनाई नहीं देती, मलाला ने न सिर्फ डायरी लिखी, वरन कूटनीतिज्ञों के समक्ष, टेलीविज़न और अपनी सहपाठियों के सामने खुल कर बोला और तालिबान की धमकियों के आगे नहीं झुकी।

उसकी डायरी ने उसे पूरे इस्लामिक जगत में खासतौर पर चर्चित कर डाला। लोग समझ ही नहीं पा रहे थे कि तालिबानों के गढ़ स्वात में एक छोटी-सी लड़की कैसे इन कट्टरपन्थियों को रोज़ चुनौती दे रही है? वह जानती थी कि किसी भी दिन तालिबानी उसे पकड़ कर गोलियों से उड़ा सकते हैं या उसके चेहरे पर

तेज़ाब डाल सकते हैं। लेकिन वह बहुत गर्व से कहती, ''मैं मलाला यूसुफ़ज़ई अपनी स्वात घाटी के लिए आखिरी साँस तक लड़ूँगी।''

मलाला की डायरी के पन्ने

3 जनवरी, 2009

कल रात मैंने ऐसा डरावना ख्वाब देखा जिसमें फौजी हेलिकॉप्टर और तालिबानी आतंकी दिखाई दिए। स्वात में फौजी ऑपरेशन शुरू होने के बाद इस किस्म के ख्वाब अक्सर देख रही हूँ। माँ ने नाश्ता दिया और फिर तैयार होकर मैं स्कूल के लिए रवाना हो गई। मुझे स्कूल जाते समय बहुत खौफ महसूस हो रहा था, क्योंकि तालिबान ने ऐलान किया कि लड़कियाँ स्कूल न जाएँ। आज हमारी क्लास में 27 में से सिर्फ 11 लड़कियाँ हाज़िर थीं। तालिबान के ऐलान के डर से मेरी तीन सहेलियाँ स्कूल छोड़कर अपने परिवार वालों के साथ पेशावर, लाहौर और रावलपिंडी चली गई हैं।

एक बजकर चालीस मिनट पर स्कूल की छुट्टी हुई। घर जाते वक्त रास्ते में मुझे एक शख्स की आवाज़ सुनाई दी जो कह रहा था, ‘मैं तुझे नहीं छोड़ूँगा’’, मैं डर गई और अपनी रफ्तार बढ़ा दी। फिर मैंने पीछे मुड़कर देखा तो मुझे राहत महसूस हुई क्योंकि वह किसी और को फोन पर धमकी दे रहा था।

4 जनवरी, 2009

आज छुट्टी है, इसलिए मैं लगभग 10 बजे जागी। लेकिन उठते ही वालिद साहब ने यह बुरी खबर सुनाई कि आज फिर ग्रीन चौक से तीन लाशें मिली हैं। उस घटना की वजह से मेरा दिल घबरा रहा था। जब तक स्वात में फौजी कार्रवाई शुरू नहीं हुई थी, हम तमाम घरवाले इतवार को पिकनिक के लिए मीर गुजार, फ़िजा-ए-घट और काँजू चले जाते थे। आज हालात इतने खराब हो गए हैं कि हम डेढ़ साल से पिकनिक पर नहीं जा पाए हैं।

हम रात के खाने के बाद सैर के लिए बाहर जाया करते थे। अब इन हालातों की वजह से लोग शाम ढलने से पहले ही घर लौट आते हैं। मैंने आज घर का काम-काज किया, होमवर्क किया और थोड़ी देर के लिए छोटे भाई के

साथ खेली। कल सुबह फिर स्कूल जाना है, यह सोचकर मेरा दिल अभी से धड़क रहा है।

5 जनवरी, 2009

मैं स्कूल के लिए तैयार हो रही थी और यूनिफॉर्म पहनने ही वाली थी कि मुझे याद आया कि प्रिंसिपल ने हमसे स्कूल की यूनिफॉर्म न पहन कर आने के लिए कहा है। उन्होंने कहा है कि हमें सादे कपड़ों में स्कूल आना होगा। इसलिए मैंने अपनी पसन्दीदा गुलाबी रंग की पोशाक पहनी है। स्कूल की बाकी लड़कियाँ भी रंग-बिरंगी पोशाकों में थीं और स्कूल में घर जैसा माहौल लग रहा था। मेरी सहेली ने मुझसे पूछा, ''खुदा के लिए सच-सच बताओ कि क्या हमारे स्कूल पर तालिबान हमला करेगा?''

सुबह असेंबली में हमसे कहा गया था कि हम रंग-बिरंगे परिधान न पहनें क्योंकि तालिबान को इस पर आपत्ति होगी। स्कूल से आकर दोपहर के खाने के बाद मेरी ट्यूशन थी। शाम को मैंने टी.वी. खोला तो पता चला कि शिकरदा में 15 दिन बाद कर्फ्यू हटा लिया गया था। यह सुनकर मुझे बहुत खुशी हुई क्योंकि हमारी अंग्रेज़ी की टीचर उसी इलाके में रहती थीं और अब वह शायद स्कूल आ पाएँगी।

7 जनवरी, 2009

मैं मोहर्रम की छुट्टियों के लिए अपने परिवार के साथ ज़िला बुनैर आई हूँ। मुझे यहाँ के पहाड़ और हरे-भरे खेत बहुत पसन्द हैं। मेरी स्वात घाटी भी बेहद खूबसूरत है पर वहाँ अमन नहीं है। लेकिन यहाँ बुनैर में अमन भी है और सुकून भी; और यहाँ गोलीबारी या किसी तरह का डर भी नहीं है। हम सब यहाँ बहुत खुश हैं।

आज हम पीर बाबा की मज़ार पर गए। वहाँ बहुत सारे लोग थे। यहाँ लोग प्रार्थना करने आए हैं, जबकि हम घूमने आए हैं। दुकानों पर चूड़ियाँ, कान की बालियाँ, हार और तरह-तरह के नकली ज़ेवर बिक रहे हैं। मैंने सोचा कि मैं कुछ खरीद लूँ, लेकिन कुछ भी खास नहीं लगा। हाँ, मेरी अम्मी ने कान के बुँदे और चूड़ियाँ खरीदीं।

9 जनवरी, 2009

आज मैंने स्कूल में सहेलियों को बुनैर के बारे में बताया। हमने एफ.एम. चैनल पर तकरीर करने वाले तालिबानी रहनुमा मौलाना शाह दौरां की मौत के मुतल्लिक उड़ाई गई अफ़वाह पर खूब बहस की। उन्होंने ही लड़कियों के स्कूल जाने पर पाबन्दी का ऐलान किया था।

कुछ लड़कियों का कहना था कि वे मर गए हैं। कुछ ने कहा कि नहीं, वे ज़िन्दा हैं। चूँकि उन्होंने बीती रात तकरीर नहीं की थी, इसीलिए उनकी मौत की अफवाह फैलाई गई थी। एक लड़की ने कहा कि वह छुट्टी पर चले गए हैं। जुम्मे को हमारे ट्यूशन की छुट्टी होती थी। इसलिए हम आज देर तक खेलते रहे। अभी-अभी ज्यों ही मैं टी.वी. देखने बैठी तो पता चला कि लाहौर में धमाके हो गए हैं। मैंने खुद से कहा—या अल्लाह, दुनिया में सबसे ज़्यादा धमाके पाकिस्तान में ही क्यों होते हैं?

14 जनवरी, 2009

स्कूल जाते समय मेरा मूड बिलकुल भी अच्छा न था, क्योंकि कल से सर्दी की छुट्टियाँ शुरू हो रही हैं। प्रिंसिपल ने छुट्टियों की तो घोषणा कर दी है लेकिन यह नहीं बताया कि स्कूल दोबारा कब खुलेगा। ऐसा पहली बार हुआ है क्योंकि इससे पहले हमेशा छुट्टी के बाद स्कूल खुलने की तारीख बताई जाती थी। हालाँकि प्रिंसिपल ने हमें स्कूल खुलने की तारीख न बताने की वजह नहीं बताई, लेकिन मुझे लगता है कि ऐसा इसलिए है क्योंकि तालिबान ने 15 जनवरी से लड़कियों की पढ़ाई पर प्रतिबन्ध की घोषणा की है।

इस बार लड़कियों में छुट्टी को लेकर कोई उत्साह नहीं था क्योंकि वे जानती थीं कि अगर तालिबान अपना फरमान लागू करते हैं तो वे फिर कभी स्कूल नहीं जा पाएँगी। तालिबानी शासन के दौरान स्वात घाटी में लड़कियों की शिक्षा पर रोक लगा दी गई थी, हालाँकि कुछ लड़कियों को उम्मीद थी कि फरवरी में स्कूल खुल जाएगा। लेकिन बहुत-सी लड़कियों ने बताया कि उनकी पढ़ाई जारी रखने के लिए उनके माता-पिता ने स्वात छोड़ कर दूसरे शहरों में रहने का फैसला किया है। चूँकि आज स्कूल का आखिरी दिन था इसलिए मैंने और मेरी सहेलियों ने कुछ और देर खेलने का फैसला किया। मुझे यकीन है कि एक दिन स्कूल दुबारा

खुलेगा, लेकिन घर वापस जाते समय मैं स्कूल की इमारत को ऐसे निहार रही थी कि शायद मैं अब यहाँ फिर कभी न आ पाऊँ।

15 जनवरी, 2009

रात-भर गोलीबारी का शोर रहा और मैं तीन बार उठी, लेकिन चूँकि स्कूल नहीं जाना था इसलिए सुबह मैं देर से उठी। इसके बाद मेरी सहेली आई और हमने होमवर्क के बारे में बात की। आज 15 जनवरी है। कल से तालिबान का फरमान जारी होना है और मैं और मेरी सहेली इस तरह से स्कूल के होमवर्क की बात कर रहे हैं जैसे कुछ असामान्य न हुआ हो।

आज मैंने अखबार में बी.बी.सी. उर्दू के लिए गई अपनी डायरी पढ़ी। मेरी माँ को मेरा उपनाम 'गुल मकई' बहुत पसन्द आया और उन्होंने मेरे पिता से कहा, 'क्यों न हम उसका नाम बदल कर गुल मकई रख दें?' मुझे भी वह नाम अच्छा लगा क्योंकि मेरे असली नाम का मतलब है 'शोक में डूबा हुआ इन्सान।'

मेरे पिता ने कहा कि कुछ दिन पहले कोई मेरी डायरी का प्रिन्ट आउट लेकर आया था और उसने कहा कि ये बहुत बढ़िया है। मेरे पिता ने बताया कि वह सिर्फ मुस्करा कर रह गए क्योंकि वह तो यह भी नहीं कह सकते थे कि यह सब कुछ उनकी बेटी लिख रही है।

18 जनवरी, 2009

आज अब्बू ने बताया कि हुकूमत हमारे स्कूलों की हिफाज़त करेगी। वज़ीर-ए-आज़म ने भी इस मुद्दे को उठाया है। मैं बहुत खुश हुई। लेकिन इससे तो हमारा मसला हल नहीं होगा। यहाँ हम स्वात में रोज़ाना सुनते हैं कि फलां जगह पर इतने फौजी मारे गए हैं, उधर उतने अगवा हो गए हैं। पुलिस वाले तो आजकल शहर में नज़र आ ही नहीं रहे हैं।

हमारे माँ-बाप कहते हैं कि जब तक तालिबान खुद ही एफ.एम. चैनल पर अपना ऐलान वापस नहीं ले लेते, वे हमें स्कूल नहीं भेजेंगे। खुद फौज की वजह से भी हमारी तालीम प्रभावित हुई है। आज हमारे मोहल्ले का एक लड़का स्कूल गया था तो वहाँ पर टीचर ने उससे कहा कि तुम वापस घर चले जाओ क्योंकि जल्दी कर्फ्यू लगने वाला है लेकिन जब वह अपने घर पहुँचा तो पता

चला कि कर्फ्यू नहीं लगाया गया था बल्कि उस रास्ते से फौजी काफिले को गुज़रना था इसलिए स्कूल से छुट्टी कर दी गई।

19 जनवरी, 2009

आज फिर पाँच स्कूलों को बमों से उड़ा दिया गया। इनमें से एक स्कूल तो मेरे घर के करीब है। मैं हैरान हूँ कि ये स्कूल तो बन्द थे। फिर क्यों उन्हें तोड़ दिया गया? तालिबान की डेडलाइन के बाद तो किसी ने भी स्कूल में कदम नहीं रखा था।

आज मैं अपनी सहेली के घर गई थी। उसने कहा कि चन्द दिन पहले मौलाना शाह दौरां के चचा को किसी ने कत्ल कर दिया था। शायद इसीलिए तालिबान ने गुस्से में आकर इन स्कूलों को तोड़ दिया है। वह कह रही थी कि तालिबान को किसी ने तकलीफ नहीं पहुँचाई है। जब उन्हें तकलीफ पहुँचती है तो वह फिर इस तरह का गुस्सा हमारे स्कूलों पर निकालते हैं? फौजी इस बारे में कुछ कर नहीं रहे हैं। वे बंकरों में अपने मोर्चों में बैठे हुए हैं। बकरे काटते हैं और मज़े लेकर खाते हैं।

22 जनवरी, 2009

स्कूलों के बन्द होने के बाद घर पर बैठकर बहुत बोर हो रही हूँ। मेरी कई सहेलियाँ स्वात से चली गई हैं। स्वात में आजकल हालात फिर बहुत खराब हैं। डर के मारे घर से बाहर नहीं निकल सकती। रात को भी मौलाना शाह दौरां ने एफ.एम. चैनल पर अपने भाषण में यह धमकी दी कि लड़कियाँ घर से न निकलें। उन्होंने यह भी कहा कि फौज जिस स्कूल को मोर्चे के तौर पर इस्तेमाल करेगी वह उसे धमाके से उड़ा देंगे।

अब्बू ने आज हमें घर में बताया कि हाजी बाबा में लड़कियों और लड़कों के हाई स्कूलों में भी फौजी आ गए हैं। अल्लाह खैर करे!

24 जनवरी, 2009

हमारी सालाना परीक्षाएँ छुट्टियाँ खत्म होने के बाद होंगी, लेकिन यह उस वक्त होंगी जब तालिबान लड़कियों को स्कूल जाने की इजाज़त देगा। परीक्षाओं

की तैयारी करने के लिए हमें कुछ चैप्टर बताए गए हैं, मगर मेरा दिल पढ़ने को नहीं कर रहा है।

कल से फौज ने भी मिंगोरा में शिक्षण संस्थाओं की हिफाज़त के लिए कन्ट्रोल सम्भाल लिया है। जब दर्जनों स्कूल तबाह हो गए और सैकड़ों बन्द हुए तो अब जाकर फौज को हिफाज़त का खयाल आया। अगर वही सही समय पर ऑपरेशन करते तो यह नौबत पेश ही न आती। स्वात तालिबान के प्रवक्ता मुस्लिम खान ने कहा कि वह उन शिक्षण संस्थाओं पर हमला करेंगे, जिनमें फौजी होंगे। अब तो स्कूल में फौजियों को देखकर हमारा खौफ और भी बढ़ जाएगा। यह हमारे स्कूल का बोर्ड है जिसे ऑनर बोर्ड कहा जाता है। सालाना इम्तिहानों में सबसे ज़्यादा नम्बर लाने वाली लड़की का नाम इस पर लिखा जाता है। ऐसा लगता है इस साल इस पर कोई नाम नहीं लिखा जा सकेगा।

26 जनवरी, 2009

सुबह-सवेरे तोप के गोलों की आवाज़ें सुन अचानक मैं नींद में जाग उठी। बहुत ज़्यादा गोलाबारी हुई है। पहले हम हेलीकॉप्टरों के शोर से डरते थे और अब तोप के गोलों से। मुझे याद है कि जब ऑपरेशन शुरू हुआ उस वक्त जब पहली बार हेलीकॉप्टर हमारे घरों के ऊपर से गुज़र रहे थे तो हम खौफ के मारे छिप गए थे। मेरे मोहल्लों के तमाम बच्चों की यही हालत थी।

एक दिन हेलीकॉप्टरों से टॉफियाँ फेंकी गईं और फिर यह सिलसिला कई दिनों तक चलता रहा। अब मेरे भाई और मोहल्ले के दूसरे बच्चे ज्यों ही हेलीकॉप्टर की आवाज़ सुनते हैं तो घर से निकलकर टॉफियों के फेंके जाने का इन्तज़ार करते हैं, लेकिन अब ऐसा नहीं होता।

थोड़ी देर पहले अब्बू ने खुशखबरी सुनाई कि वह हमें कल इस्लामाबाद भेज रहे हैं। हम सब भाई-बहन बहुत खुश हैं।

28 जनवरी, 2009

अब्बू ने अपना वायदा पूरा किया और हम कल ही इस्लामाबाद आ गए। रास्ते में बहुत डर लग रहा था, क्योंकि मैंने सुना था कि तालिबान रास्ते में तलाशी लेते हैं। लेकिन अच्छा हुआ कि हमारे साथ ऐसा नहीं हुआ। इसकी बजाय फौज

ने हमारी तलाशी ली। जब स्वात का इलाका खत्म हो गया तो हमारा खौफ खत्म हो गया। हम इस्लामाबाद में अब्बू के एक दोस्त के साथ ठहरे हुए हैं। मैं यहाँ पहली बार आई हूँ।

इस्लामाबाद में अब्बू हमें लोक विरसा लेकर गए। यहाँ मेरी जानकारी में बहुत बढ़ोतरी हुई। इस शहर की खूबसूरती में भव्य बंगले व चौड़ी सड़कें भी शामिल हैं, मगर स्वात की तुलना में यहाँ प्राकृतिक सौंदर्य नहीं है। अब्बू हमें लोक विरसा म्यूज़ियम दिखाने ले गए जहाँ से मैंने बहुत कुछ सीखा। स्वात में भी इसी किस्म का म्यूज़ियम है, लेकिन मालूम नहीं कि वह युद्ध के बाद सुरक्षित रह भी सकेगा या नहीं? लोक विरसा से निकलकर अब्बू ने एक बूढ़े शख्स से हमारे लिए पॉपकोर्न खरीदे।

उस शख्स के बारे में पूछने पर उसने बताया कि उसका ताल्लुक मुहम्मद एजेंसी से है जहाँ पर फौजी ऑपरेशन शुरू हो गया है। 'मैं घर-बार छोड़कर यहाँ आया हूँ।' उस वक्त मैंने अब्बू और अम्मी की आँखों में आँसू देखे।

31 जनवरी, 2009

स्वात की जंग से सिर्फ हमने इतना फायदा उठाया कि अब्बू ने ज़िन्दगी में पहली मर्तबा हम सब घरवालों को मिंगोरा (स्वात घाटी का सबसे बड़ा शहर) से निकालकर अलग-अलग शहरों में खूब घुमाया-फिराया। हम कल इस्लामाबाद से पेशावर आ गए। वहाँ पर हमने अपने एक रिश्तेदार के घर में चाय पी और उसके बाद हमारा इरादा बन्नू जाने का था।

बाद में हम अड्डे गए और वहाँ से एक वैगन में बैठकर बन्नू के लिए रवाना हो गए। वैगन पुरानी थी और एक दफा जब खराब सड़क की वजह से वैगन एक खड्डे में गिर गई तो उस वक्त अचानक हॉर्न भी बज गया तो मेरा दूसरा भाई, जो दस साल का है, अचानक नींद से जागा। वह बहुत डरा हुआ था। जागते ही उसने अम्मी से पूछा, 'अम्मी, क्या कोई धमाका हुआ है?' रात के वक्त हम बन्नू पहुँच गए जहाँ अब्बू के दोस्त पहले से ही हमारा इन्तज़ार कर रहे थे। मेरे अब्बू के दोस्त भी पश्तून हैं, मगर इनके घरवालों की ज़बान हमें पूरी तरह समझ नहीं आ रही है।

पहले हम बाज़ार गए, फिर पार्क। यहाँ पर औरतें जब निकलती हैं तो उन्हें टोपी वाला बुर्का (शटल कॉक) पहनना ज़रूरी होता है। मेरी अम्मी ने तो

पहन लिया पर मैंने इन्कार कर दिया क्योंकि मैं इसे पहनकर चल नहीं सकती हूँ।

स्वात के मुकाबले में यहाँ अमन ज़्यादा है। हमारे मेज़बानों ने बताया कि यहाँ भी तालिबान हैं। मगर यहाँ इतनी अशान्ति नहीं होती जितनी स्वात में होती है। उन्होंने कहा कि तालिबान ने यहाँ भी लड़कियों के स्कूल बन्द करने की धमकी दी थी, मगर फिर भी स्कूल बन्द नहीं हुए।

1 फरवरी, 2009

बन्नू से पेशावर आते हुए रास्ते में मुझे स्वात से अपनी एक सहेली का फोन आया। वह बहुत डरी हुई थी। मुझसे वह बोली, 'यहाँ हालात बहुत खराब हैं, तुम स्वात मत आना।' उसने बताया कि फौजी कार्रवाई शुरू हो गई है और मोर्टार गोलों से आज सैंतीस लोग मारे गए हैं। शाम को हम पेशावर पहुँचे। हम बहुत थके हुए थे। मैंने टी.वी. लगाया तो वह भी स्वात की ही बात कर रहा था। उसमें लोगों को संकट में देश त्याग करते ही दिखाया गया। लोग पैदल जा रहे थे, मगर खाली हाथ थे।

मैंने सोचा कि एक वक्त था जब बाहर से लोग सैर-सपाटे के लिए स्वात आया करते थे और आज स्वात के लोग अपने इलाके को छोड़कर जा रहे हैं। मैंने दूसरा चैनल लगाया जिस पर एक औरत कह रही थी कि 'हम शहीद बेनज़ीर भुट्टो के खून का हिसाब लेंगे।' मैंने पास बैठे अब्बू से पूछा कि सैकड़ों स्वातियों के खून का हिसाब कौन लेगा?

3 फरवरी, 2009

आज हमारे स्कूल खुलने का दिन था। सुबह उठते ही स्कूल बन्द होने का सन्देश आया तो मैं उदास हो गई। इससे पहले जब भी स्कूल तयशुदा तारीख को नहीं खुलता तो हम खुश हो जाया करते थे। इस बार ऐसा नहीं है क्योंकि मुझे डर है कि कहीं हमारा स्कूल तालिबान के हुक्म पर हमेशा के लिए बन्द न हो जाए।

अब्बू ने बताया कि प्राइवेट स्कूलों ने लड़कियों की तालीम पर पाबन्दी के खिलाफ लड़कों के स्कूलों को 8 फरवरी को खोलना था। अब स्कूलों के दरवाज़ों

पर ये नोटिस लगाया गया है कि स्कूल 9 फरवरी से खुल जाएँगे। उन्होंने बताया कि लड़कियों के स्कूलों पर यह नोटिस नहीं लगा है जिसका मतलब है कि हमारे स्कूल नहीं खुलेंगे।

7 फरवरी, 2009

दोपहर को मैं और मेरा छोटा भाई अब्बू के साथ मिंगोरा के लिए रवाना हो गए। अम्मी और दूसरा भाई पहले ही वहाँ जा चुके थे। बीस दिन बाद मिंगोरा जाते हुए खुशी भी हो रही थी और डर भी लग रहा था। मिंगोरा में दाखिल होने से पहले जब हम कंबर के इलाके से गुज़र रहे थे, तो वहाँ पर अजीब किस्म की खामोशी पसरी हुई थी।

बड़ी-बड़ी दाढ़ियों व लम्बे-लम्बे बालों वाले लोगों के सिवाय वहाँ पर कोई नज़र नहीं आया। शक्ल व सूरत से ये लोग तालिबानी लग रहे थे। मैंने कुछ मकानों को भी देखा जिन पर गोली के निशान दिखाई दे रहे थे।

मिंगोरा की गलियाँ बेहद संकरी थीं। हम अम्मी के लिए तोहफा खरीदने शाह सुपर मार्केट गए तो वह भी बन्द हो गया था, हालाँकि पहले मार्केट देर तक खुली रहती थी। बाकी दुकानें भी बन्द हो गई थीं। हमने अम्मी को अपने मिंगोरा आने की बात नहीं बताई थी क्योंकि हम उन्हें सरप्राइज़ देना चाहते थे। घर में हम दाखिल हुए तो अम्मी हमें देखकर बहुत हैरान हुईं।

8 फरवरी, 2009

मैंने जब अपनी अलमारी खोली तो उसमें रखी यूनिफॉर्म, बस्ते और ज्योमेट्री बॉक्स देख बहुत दुख हुआ। कल तमाम प्राइवेट स्कूलों के ब्वॉयज सेक्शन खुल रहे हैं। हम लड़कियों की तालीम पर तो तालिबान ने पाबन्दी लगा रखी है।

मैंने ज्योमेट्री बॉक्स खोला तो उसमें दो सौ रुपए पड़े थे। ये स्कूल के जुर्माने के पैसे थे। जब कोई लड़की स्कूल न आती या लेट आती तो उससे जुर्माने के पैसे लेने की ज़िम्मेदारी टीचर ने मेरी लगाई थी।

स्कूल की बहुत-सी बातें याद आईं, सबसे ज़्यादा लड़कियों के आपस के झगड़े। मेरे छोटे भाई का स्कूल भी कल ही खुल रहा है, उसने बिल्कुल भी होमवर्क नहीं किया है। वह बहुत परेशान है और स्कूल जाना नहीं चाह रहा है। अम्मी

ने वैसे कल कर्फ्यू लगने की बात की तो उसने पूछा कि क्या कल सचमुच कर्फ्यू लग रहा है। अम्मी ने जब 'हाँ' कहा तो उसने खुशी से नाचना शुरू कर दिया।

9 फरवरी, 2009

स्वात में लड़कों के स्कूल खुल चुके हैं और तालिबान की तरफ से प्राइमरी तक लड़कियों के स्कूल जाने से पाबन्दी उठाए जाने के बाद लड़कियों ने भी स्कूल जाना शुरू कर दिया है। हमारे स्कूल में पाँचवीं तक लड़के और लड़कियाँ एक साथ पढ़ते हैं।

मेरे छोटे भाई ने बताया कि आज उसकी क्लास के उनचास में से सिर्फ छह बच्चे हाज़िर थे जिसमें से सिर्फ एक तालिब थी। असेंबली में भी करीब सत्तर बच्चे थे। हमारे स्कूल की कुल तादाद सात सौ है।

आज हमारी एक नौकरानी आई थी जो हफ्ते में एक बार हमारे कपड़े धोने आती है। उसके साथ एक और औरत भी थी? नौकरानी का ताल्लुक ज़िला अटक से है, पर वह बरसों से यहाँ रह रही है। उन्होंने बताया, "हालात बहुत खराब हैं और मेरे पति ने कहा है कि तुम अटक वापस चली जाओ।" उन्होंने कहा कि इतने बरसों से यहाँ रहने के कारण स्वात उन्हें घर जैसा लगता है। 'अपने शहर 'अटक' जाते हुए मुझे लगता है कि मैं अपना शहर छोड़कर एक अनजान जगह में जा रही हूँ।' उनके साथ जो औरत आई थी वह स्वात की है और उसने अम्मी को एक पश्तो टप्पा सुनाया :

आलम पे चार लह मुलक : न जी

था डेर गरीब शी या दयार लह गम : जी ना

(लोग मर्ज़ी से अपना वतन नहीं छोड़ते, या बहुत ज़्यादा गुरबत या फिर महबूब उन्हें वतन छोड़ने पर मजबूर करती है।)

11 फरवरी, 2009

आज भी सारा दिन 'बोरियत में गुज़रा। घर में अब टेलीविज़न भी नहीं

है। जब हम सर्दियों की छुट्टियों में बीस दिन के लिए बाहर गए थे तो उस वक्त घर में चोरी हो गई थी। पहले इस किस्म की चोरियाँ नहीं होती थीं, लेकिन जब से हालात खराब हुए हैं, ऐसी घटनाएँ भी बढ़ गई हैं। शुक्र है, हमारे घर में न नकदी थी और न ही सोना। मेरी ब्रेसलेट और पायल भी गायब थे, लेकिन बाद में मुझे कहीं और नज़र आए। शायद चोर इन्हें असली समझ कर चुराना चाह रहे थे, मगर उन्हें समझ आ गई होगी कि ये तो नकली हैं। मौलाना फैजलुल्लाह ने पिछली रात एफ.एम. पर अपने भाषण में कहा कि मिंगोरा में पुलिस स्टेशन पर जो आत्मघाती हमला हुआ है, इसे प्रेशर कुकर का धमाका समझ लो। इसके बाद बड़ा देग फटेगा और फिर टैंकर का धमाका होगा।

रात को अब्बू ने स्वात में होने वाली तमाम घटनाए सुनाई। आजकल बातों में हमारी जुबान पर फौजी, तालिबान रॉकेट, गोलीबारी शेलिंग, मौलाना फैजलुल्लाह, मुस्लिम खाँ, पुलिस, हेलीकॉप्टर, हलाक, घायल जैसे ज़रूरी शब्द ज़्यादा होते हैं।

12 फरवरी, 2009

कल सारी रात भयंकर गोलीबारी होती रही। इस हाल में भी मेरे दोनों भाई सोए हुए थे, पर मुझे बिल्कुल भी नींद नहीं आ रही थी। मैं एक दफा अब्बू के पास आई। वहाँ आराम नहीं आया, फिर अम्मी के साथ आकर लेट गई। इसके बावजूद थोड़ी देर के लिए आँख लग जाती, लेकिन फिर दुबारा जग जाती। इसलिए सुबह देर से जगी। दोपहर को ट्यूशन पढ़ाने वाला टीचर आया। इसके बाद काज़ी साहब ने आकर धार्मिक पाठ पढ़ाया। शाम तक भाइयों के साथ कभी लड़कर, कभी सुलह करके खेलती रही। टी.वी. न होने के कारण थोड़ी देर कम्प्यूटर गेम भी खेला।

जब तक तालिबान ने केबल पर पाबन्दी नहीं लगाई थी, उस वक्त स्टार प्लस के ड्रामे देखा करती थी, 'राजा की आएगी बारात' वाला ड्रामा मुझे बहुत पसन्द था। मुझे कॉमेडी भी बहुत पसन्द है। पाकिस्तान चैनल 'जियो' का मज़ाक़िया प्रोग्राम 'हम सब उम्मीद से हैं', को भी मैं बहुत शौक से देखा करती थी।

आज जुम्मेरात है यानी शब-ए-जुमा है। इसलिए मुझे डर भी बहुत लग रहा है, क्योंकि लोग कहते हैं कि अक्सर देखा गया है कि शब-ए-जुमा या जुमा

के दिन आत्मघाती हमले ज़्यादा होते हैं। वे कहते हैं कि आत्मघाती हमलावर समझता है कि इस्लामी तौर पर यह एक पवित्र दिन है और इस रोज़ हमला करने से उन्हें पुण्य ज़्यादा मिलेगा।

13 फरवरी, 2009

आज मौसम बहुत अच्छा था। जब बहुत ज़्यादा बारिश होती है तो मेरा स्वात और भी खूबसूरत लगता है। मगर सुबह जागते ही अम्मी ने बताया कि आज किसी ने रिक्शा ड्राइवर और बूढ़े चौकीदार का कत्ल कर दिया है। यहाँ अब ज़िन्दगी बद से बदतर होती जा रही है। आसपास के इलाके से रोज़ सैकड़ों लोग मिंगोरा आ रहे हैं जबकि मिंगोरा के लोग दूसरे शहरों की तरफ चले गए हैं। जो अमीर हैं वे स्वात से बाहर गए हैं और जो गरीब हैं, वे यहाँ से कहीं नहीं जा सकते।

हमने अपने तायजादा भाई का फोन किया था कि वह इस अच्छे मौसम में अपनी गाड़ी में हमें मिंगोरा का चक्कर लगवाए। वह आया लेकिन हम बाहर निकले तो बाज़ार बन्द था, सड़कें सुनसान थीं। हम कंबर के इलाके की तरफ जाना चाह रहे थे लेकिन किसी ने बताया कि वहाँ एक बहुत बड़ा जुलूस निकला हुआ है।

रात को एफ.एम. स्टेशन पर मौलाना फैजलुल्लाह ने भाषण दिया और वह देर तक रोते रहे। वह ऑपरेशन बन्द होने की माँग कर रहे थे। उन्होंने लोगों से कहा कि वे संकट के समय देश त्याग न करें बल्कि अपने घरों में वापस आ जाएँ।

15 फरवरी, 2009

आज पेशावर और गाँवों से मेहमान आए हुए थे। दोपहर को जब हम खाना खा रहे थे कि बाहर बहुत ज़्यादा फायरिंग शुरू हो गई। इतनी ज़बर्दस्त फायरिंग मैंने इससे पहले कभी नहीं सुनी थी। हम सब डर गए। सोचा कि शायद तालिबान आ गए हैं। मैं भागकर अब्बू के पास गई। उन्होंने कहा, ''डरो मत, यह अमन की फायरिंग है।'' अब्बू ने बताया कि आज अखबार में आया है कि हुकूमत और तालिबान के दरम्यान स्वात के बारे में अमन का समझौता हो रहा

है। इसलिए लोग खुशी से फायरिंग कर रहे हैं। लेकिन जब रात को तालिबान के एफ.एम. पर भी अमन का समझौता होने का ऐलान हुआ तो दोपहर से भी ज़्यादा ज़बरदस्त फायरिंग हुई। क्योंकि लोग हुकूमत से ज़्यादा तालिबान के ऐलान पर यकीन करते हैं। जब हमने भी यह ऐलान सुना तो पहले अम्मी रोने लगीं, फिर अब्बू। मेरे दोनों छोटे भाइयों की आँखों से भी आँसू निकल आए।

16 फरवरी, 2009

आज मैं सुबह उठते ही बहुत ज़्यादा खुश थी क्योंकि हुकूमत और तालिबान के दरम्यान अमन का समझौता हो रहा था। आज हेलीकॉप्टरों की उड़ान भी बहुत नीचे थी। मेरे एक कज़िन ने कहा कि जैसे-जैसे अमन आ रहा है, हेलीकॉप्टरों की उड़ानें भी नीचे हो रही हैं।

दोपहर में अमन के समझौते की खबर सुनकर लोगों ने मिठाइयाँ बाँटीं। मेरी एक सहेली ने मुझे मुबारकबाद का फोन किया। उसने कहा कि अब उसे घर से निकलने का मौका मिलेगा क्योंकि वह कई महीनों से एक ही कमरे में बन्द रही है। हम दोनों इस बात से भी खुश थीं कि शायद अब लड़कियों के स्कूल दोबारा खुल जाएँ।

17 फरवरी, 2009

आज से मैंने परीक्षाओं की तैयारी शुरू कर दी है क्योंकि अमन के समझौते के बाद लड़कियों के स्कूल दोबारा खुलने की उम्मीद पैदा हो गई है। आज मेरी ट्यूशन पढ़ाने वाली टीचर भी नहीं आई क्योंकि वह किसी मंगनी में शिरकत करने गई हैं। मैं जब अपने कमरे में आई तो मेरे दोनों भाई आपस में खेल रहे थे।

आज स्वात में मौलाना सूफी मोहम्मद भी आए हुए हैं। मीडिया वाले भी ज़्यादा तादाद में आए हैं। शहर में बहुत ज़्यादा भीड़ है। बाज़ार की रौनक वापस लौट आई है। खुदा करे कि इस दफा समझौता कामयाब हो। मुझे तो बहुत ज़्यादा उम्मीद है लेकिन फिर भी अगर कुछ नहीं हुआ तो कम-से-कम लड़कियों के स्कूल तो खुल ही जाएँगे।

18 फरवरी, 2009

आज मैं बाज़ार गई थी। वहाँ बहुत ज़्यादा भीड़ थी। लोग अमन के समझौते से खुश थे। आज बहुत अरसे बाद मैंने बाज़ार में ट्रैफिक जाम देखा मगर रात को अब्बू ने बताया कि स्वात के एक सहाफी को अनजान लोगों ने कत्ल कर दिया है। अम्मी की तबीयत बहुत खराब हो गई। हम सबकी अमन आने की उम्मीदें भी टूट गईं।

19 फरवरी, 2009

आज अब्बू ने नाश्ता तैयार करके दिया क्योंकि अम्मी की तबीयत कल से खराब है। उन्होंने अब्बू से गिला भी किया कि उन्हें सहाफी की मौत की खबर क्यों सुनाई। मैंने भाइयों से कहा कि अब हम जंग की नहीं अमन की बात करेंगे। आज पता चला कि हमारी हेडमिस्ट्रेस ने ऐलान किया है कि गर्ल्स सेक्शन की परीक्षाएँ मार्च के पहले हफ्ते में होंगी। मैंने भी आज से इम्तेहान की तैयारी तेज़ कर दी है।

21 फरवरी, 2009

स्वात में हालात धीरे-धीरे सही हो रहे हैं। फायरिंग और तोपखाने के इस्तेमाल में भी बहुत हद तक कमी आई है। लेकिन लोग अभी भी डरे हुए हैं कि कहीं अमन समझौता टूट न जाए। लोग ऐसी अफवाहें भी फैला रहे हैं कि तालिबान के कुछ कमांडर इस समझौते को नहीं मान रहे और कहते हैं कि हम आखिरी दम तक लड़ेंगे।

ऐसी अफवाहें सुनकर दिल धड़कने लगता है। आखिर वह ऐसा क्यों कर रहे हैं? वे कहते हैं कि हम जामिया हफसा और लाल मस्जिद का बदला लेना चाहते हैं लेकिन इसमें हमारा क्या कसूर है? जिन्होंने ये ऑपरेशन किया था, उनसे ये इन्तकाम क्यों नहीं लेते? अभी कुछ देर पहले मौलाना फैजलुल्लाह ने एफ.एम. पर ऐलान किया है कि वह लड़कियों के स्कूल से मुतल्लिक अपने फैसले को वापस लेते हैं। उन्होंने कहा है कि जिन लड़कियों की परीक्षाएँ 17 मार्च से शुरू हो रही हैं, वे स्कूल जा सकती हैं, मगर उन्हें पर्दा करना होगा।

मैं यह सुनकर बहुत ज़्यादा खुश हुई। मैं यकीन नहीं कर सकती थी कि ऐसा भी कभी हो सकेगा।

22 फरवरी, 2009

आज हम शॉपिंग करने के लिए खवातीन मार्केट गए। रास्ते में हमें बहुत ज़्यादा खौफ महसूस हो रहा था क्योंकि तालिबान ने औरतों के बाज़ारों में शॉपिंग करने पर पाबन्दी लगा रखी है। हम मिंगोरा की चीना मार्केट गए जहाँ सिर्फ औरतों की ज़रूरत की चीज़ें मिलती हैं।

मार्केट में दाखिल होते ही हैरान रह गए, वहाँ पर चन्द ही औरतें शॉपिंग करने आई थीं। पहले जब हम यहाँ आते थे तो औरतों की इतनी भीड़ होती थी कि वे एक-दूसरे को धक्का देकर अपना रास्ता बनाती थीं। मार्केट की कुछ दुकानें बन्द थीं और कुछ पर लिखा था, 'दुकान बिकाऊ है' और जो खुली भी थीं, उनमें सामान बहुत कम था और वह भी बहुत पुराना।

23 फरवरी, 2009

मैं आज उठते ही बहुत खुश थी कि आज स्कूल जाऊँगी। स्कूल गई तो देखा कुछ लड़कियाँ यूनिफॉर्म और कुछ घर के कपड़ों में आई हुई थीं। असेंबली में ज़्यादातर लड़कियाँ एक-दूसरे से गले मिल रही थीं और बहुत ज़्यादा खुश दिखाई दे रही थीं। असेंबली खत्म होने के बाद हेडमिस्ट्रेस ने बताया कि तुम लोग बुर्का पहनकर आया करो क्योंकि तालिबान ने लड़कियों को स्कूल जाने की इजाज़त देते समय शर्त भी रखी है कि लड़कियाँ पर्दे का ख्याल रखें।

हमारी क्लास में सिर्फ बारह लड़कियाँ आई थीं। क्योंकि कुछ ऐसी हैं जो स्वात छोड़कर जा चुकी थीं और कुछ के अम्मी-अब्बू खौफ की वजह से उन्हें स्कूल जाने की इजाज़त नहीं दे रहे थे। मेरी चार सहेलियाँ पहले ही स्वात छोड़कर जा चुकी हैं और आज एक और ने कहा है कि वे लोग भी रावलपिंडी जा रहे हैं। मैं बहुत खफ़ा हुई और उससे कहा भी कि वह रुक जाए क्योंकि अमन समझौता हो गया है और हालात भी आहिस्ता-आहिस्ता ठीक हो रहे हैं। मगर वह कहने लगी कि अब हालात का कोई भरोसा नहीं है।

मुझे बहुत दुख हुआ कि मेरी चार सहेलियाँ पहले ही जा चुकी हैं और सिर्फ एक रह गई थी, वह भी छोड़कर जा रही है।

25 फरवरी, 2009

अम्मी बीमार है और अब्बू किसी मीटिंग के सिलसिले में स्वात से बाहर गए हुए हैं। इसलिए सुबह मैंने ही नाश्ता तैयार किया और फिर स्कूल गई। आज हमने क्लास में बहुत ज़्यादा मस्ती की। वैसे खेल खेले जैसे पहले खेला करते थे। आजकल हेलीकॉप्टर भी ज़्यादा नहीं आते और हमने भी फौज और तालिबान के बारे में ज़्यादा बातें करना छोड़ दिया है। शाम को अम्मी, मेरी कज़िन और मैं बुर्का पहनकर बाहर गए। एक ज़माने में मुझे बुर्का पहनने का बहुत शौक था लेकिन अब इससे तंग आ गई हूँ, क्योंकि मुझसे इसमें चला नहीं जाता है।

स्वात में आजकल एक बात बहुत मशहूर हो गई है कि एक दिन एक औरत शटल कॉक बुर्का पहनकर कहीं जा रही थी कि रास्ते में गिर पड़ी। एक शख्स ने जब उसे उठाना चाहा तो औरत ने मना करते हुए कहा, ‘रहने दो भाई, मत उठाओ ताकि मौलाना फजलुल्लाह का कलेजा ठंडा हो सके।’ हम जब मार्केट में उस दुकान में दाखिल हुए जिसमें अक्सर शॉपिंग करते हैं तो दुकानदार ने हँसते हुए कहा कि मैं तो डर गया कि कहीं तुम लोग आत्मघाती हमला करने तो नहीं आए हो। वह ऐसा इसलिए कह रहे थे क्योंकि पहले एक-दो वाकये ऐसे भी हुए हैं जब आत्मघाती हमलावरों ने बुर्का पहनकर हमला किया है।

27 फरवरी, 2009

आज स्कूल गई तो अपनी दो सहेलियों को देखकर बेइन्तहा खुशी हुई। ऑपरेशन के दौरान दोनों रावलपिंडी चली गई थीं। उन्होंने बताया कि ‘रावलपिंडी में अमन भी था और ज़िन्दगी की अन्य सहूलियतें भी अच्छी थीं। मगर हम इन्तज़ार कर रहे थे कि कब स्वात में अमन आएगा और स्कूल खुलेंगे ताकि हम वापस आ सकें। अब हमारी टीचर सबक सिखा रही थीं और वह मिसाल देने के लिए बार-बार चहार बाग इलाके का नाम ले रही थीं। मैंने उनसे पूछा कि आप बार-बार चहार बाग का नाम क्यों ले रही हैं तो वह बोलीं कि वह चहार बाग में होती थीं। वहाँ पर मोर्टार गोले गिरे तो हम मिंगोरा आ गए। अब अपने चहार बाग की बहुत याद आ रही है। इसलिए मेरी ज़बान पर इसका नाम आ जाता है।

2 मार्च, 2009

हमारी क्लास में लड़कियों की तादाद धीरे-धीरे बढ़ रही है आज सत्ताइस में से उन्नीस लड़कियाँ आई हुई थीं। 9 मार्च से परीक्षाएँ शुरू हो रही हैं। इसलिए हम ज़्यादा वक्त पढ़ाई में गुज़ारने की कोशिश करते हैं।

आज औरतों के साथ चीना मार्केट गई थी और वहाँ मैंने खूब शॉपिंग की क्योंकि वहाँ एक दुकानदार अपनी दुकान खत्म कर रहा है। वह कम कीमत पर चीज़ें बेच रहा है। चीना मार्केट की भी अब ज़्यादातर दुकानें बन्द हो गई हैं।

आजकल मोर्टार गोलों की आवाज़ें भी खत्म हो गई हैं। लिहाज़ा रात को अच्छी तरह से सो जाते हैं। सुना है कि तालिबान अब भी अपने इलाकों में कारंवाइयाँ करते हैं। वह बेघर होने वाले लोगों के लिए आने वाला इनका सामान भी लूट लेते हैं। मेरी एक सहेली ने कहा है कि उसके भाई ने अपने एक जानने वाले को एक रात तालिबान के साथ गाड़ियों की तलाशी लेते देखा तो हैरान हुआ। उसके भाई का कहना था कि यह लड़का सुबह को मज़दूरी करता है और रात को तालिबान के साथ होता है। उसने कहा मैंने उससे पूछा कि तुम तो तालिब नहीं हो फिर ऐसा क्यों कर रहे थे। उसने जवाब दिया कि सुबह को मज़दूरी करके कमाता हूँ और रात को तालिबान के साथ होता हूँ तो अच्छा-खासा खर्च निकल जाता है और घर के लिए खाने-पीने की चीज़ें भी मिल जाती हैं।

3 मार्च, 2009

मेरे छोटे भाई को स्कूल जाना पसन्द नहीं है। वह स्कूल जाते समय रोता है और वापसी पर हँसता है। लेकिन आज रोते हुए वापस आया तो अम्मी ने वजह पूछी। वह कहने लगा कि मुझे स्कूल से आते वक्त डर लग रहा था। जब भी कोई शख्स नज़र आता मैं डर जाता कि कहीं मुझे वह अगवा न कर ले।

मेरा छोटा भाई अक्सर दुआ करता है कि, ''ऐ अल्लाह, स्वात में अमन ले आना। अगर नहीं लाया तो फिर अमेरिका या चीन को यहाँ ले आना।''

स्वात में आज फिर तालिबान और फौज के बीच लड़ाई हुई है। कुछ दिनों से ऐसी घटनाएँ हो रही हैं। आज मैंने कई दिनों बाद मोर्टर गोलों की आवाज़ सुनी। लोगों में फिर अमन समझौता टूटने का खौफ पैदा हो गया है। कुछ लोग कहते हैं, 'दरअसल अमन समझौता लगातार नहीं, बल्कि यह जंग के दरम्यान अन्तराल है।'

4 मार्च, 2009

आज क्लास में टीचर ने पूछा कि तुम में से कौन-कौन एफ.एम. रेडियो सुनता है तो ज़्यादातर लड़कियों ने कहा कि अब उन्होंने सुनना छोड़ दिया है। लेकिन कुछ लड़कियाँ अब भी सुन रही हैं। लड़कियों का खयाल था कि जब तक एफ.एम. चैनल बन्द नहीं हो जाता, तब तक अमन नहीं आ सकता है।

तालिबान कहते हैं कि एफ.एम. चैनल तो इस्तेमाल करते हैं लेकिन कमांडर खलील इस्तदा में कुछ देर के लिए कुरान का सबक देना शुरू कर देते हैं मगर आहिस्ता से विषय बदलकर अपने विरोधियों को धमकियाँ देना शुरू कर देते हैं। जंग, हिंसा और कत्ल के सभी ऐलानात एफ.एम. से होते हैं।

आज हम सब रिसेस के दौरान जब बाहर निकले तो आसमान में हेलीकॉप्टर नज़र आया। जहाँ हमारा स्कूल है वहाँ हेलीकॉप्टरों की उड़ान बहुत नीची होती है। लड़कियों ने फौजियों को आवाज़ें दीं और वे भी जवाब में हाथ हिलाते रहे। फौजी अब हाथ हिलाते हुए थके हुए मालूम हो रहे हैं क्योंकि यह सिलसिला पिछले दो सालों से जारी है।

9 मार्च, 2009

आज से हमारी परीक्षाएँ शुरू हो रही हैं। लिहाजा, उठते ही बहुत परेशान थी। अम्मी और अब्बू हमारे किसी मृत रिश्तेदार की आत्मा की शान्ति के लिए गाँव गए हुए हैं। इसलिए आज मैंने खुद ही छोटे भाइयों का नाश्ता तैयार किया।

मेरा साइंस का पेपर बहुत अच्छा हुआ। दस सवालों में से आठ करने थे पर मुझे दस के दस याद थे। जब घर वापस आई तो अम्मी-अब्बू को घर में पा कर बहुत खुशी हुई। अम्मी ने बताया कि वे तालिबान के ज़ेर-ए-कन्ट्रोल इलाके से होकर गाँव गए थे। वहाँ तालिबान हथियारबन्द नज़र आ तो रहे थे लेकिन वे पहले की तरह गाड़ियों की तलाशी नहीं ले रहे थे।

10 मार्च, 2009

आज जब मैं स्कूल से वापस आ रही थी तो मेरी एक सहेली ने मुझसे कहा कि सिर अच्छी तरह ढाँप कर जाओ नहीं तो तालिबान सज़ा दे देंगे। आज

भी मिंगोरा के करीब कंबर के इलाके में सिक्योरिटी फोर्सेज़ पर फायरिंग हुई है। तालिबान के एफ.एम. चैनल पर भाषण करने वाले मौलाना शाह दौरां भी आज अपने गाँव कंबर से वापस आ गए हैं। कहते हैं कि वहाँ के तालिबान ने उनका इस्तेमाल किया। तालिबान ने अब भी लोगों से कहा है कि वे नमाज़ पढ़ा करें और औरतें पर्दे का खास ख़याल रखें।

11 मार्च, 2009

आज का पेपर भी बहुत अच्छा हुआ और खुश हूँ कि कल छुट्टी है। आज मैंने और दोनों छोटे भाइयों ने चूजे खरीदे मगर मेरे चूजे को सर्दी लग गई है और वह बीमार हो गया है। अम्मी ने उसे गर्म कपड़े में रख दिया है।

आज बाज़ार भी गई जहाँ बहुत ज़्यादा भीड़ थी। कहीं-कहीं पर ट्रैफिक जाम भी था। पहले रात होते ही बाज़ार बन्द हो जाता था, लेकिन अब देर रात तक खुला रहता है।

आज जब मैंने रेडियो ऑन किया तो हैरत हुई कि एक औरत प्रोग्राम कर रही थी और लोग फोन पर अपनी पसन्द के गानों की फरमाइश कर रहे थे। अब्बू ने बताया कि यह हुकूमत का चैनल है। बहुत अर्से बाद मैंने रेडियो पर पश्तो के गाने सुने। दूर-दराज से लोग फोन करते हैं। एक लड़के ने तो बलूचिस्तान से फोन किया।

12 मार्च, 2009

मेरा दो दिनों से गला खराब है, लिहाज़ा अब्बू मुझे डॉक्टर के पास ले गए। वहाँ वेटिंग रूम में दो औरतें भी बैठी हुई थीं और दोनों का ताल्लुक कंबर इलाके से था। इनमें से एक ने बताया कि उनके इलाके में अब भी तालिबान का कन्ट्रोल है। आज कुछ लोगों को सज़ा भी दी गई। औरत ने अपने मोहल्ले के एक लड़के का किस्सा भी सुनाया जिसका नाम अनीस है।

वह तालिबान का साथी था। तक दिन उसके तालिबानी साथी ने बताया कि उसने एक ख्वाब देखा है जिसमें जन्नत की हूरों ने उससे कहा है कि हमें अनीस का इन्तज़ार है। खातून ने बताया कि यह बात सुनकर अनीस बहुत खुश

हुआ और अपने वालिद से बोला कि हूरें उसका इन्तज़ार कर रही हैं और वह 'आत्मघाती' हमलावर बनकर शहीद होना चाहता है। माँ-बाप ने इजाज़त नहीं दी तो उसने कहा कि वह अफ़ग़ानिस्तान जाकर जिहाद करेगा।

औरत के मुताबिक, घरवालों ने लड़के को इजाज़त नहीं दी मगर लड़का घर से भाग गया और कल डेढ़ साल बाद स्वात के तालिबान ने उसके घरवालों को बताया कि अनीस स्वात में सिक्योरिटी फोर्सेज़ पर आत्मघाती हमले में हलाक हो गया है।

हो गई चर्चित

ब्लॉग लिखने की वजह से धीरे-धीरे गुल मकई स्वात घाटी में चर्चित होने लगी। तालिबान को हालाँकि यह नहीं पता था कि उसके खिलाफ यों बेखौफ होकर बोलने वाली कोई 11 साल की बच्ची हो सकती है। वह तालिबानों के खिलाफ इंकलाब का पर्याय बनने लगी। हर तरफ यह चर्चा होने लगी कि आखिर यह कौन है? उसकी पहचान, उसका अस्तित्व तब तक सब परदे के पीछे थे।

विचारों में इतनी स्पष्टता, लेखनी में इतनी निडरता और क्रूर सच्चाई को समझने के लिए एक सुलझे हुए दिमाग की ज़रूरत होती है। लेकिन हकीकत तो यही थी कि मलाला तो बचपन से ही कुशाग्रबुद्धि और निडर सोच वाली थी, इसलिए उसकी लेखनी में इतनी निडरता होना सहज ही था। उसका तो बस एक ही उद्देश्य था कि तालिबान ने जो फतवा जारी किया है, उसके खिलाफ पूरे अवाम को, खासकर स्कूल जाने वाली लड़कियों को जाग्रत करे। यही वजह थी कि अपनी डायरी के माध्यम से मलाला ने तालिबान के फरमान के बावजूद क्षेत्र के लोगों को लड़कियों की शिक्षा और अन्य मुद्दों के प्रति न सिर्फ जागरूक किया, बल्कि तालिबानी आतंक के खिलाफ लामबन्द भी किया।

मई 2009 में सैन्य ऑपरेशन शुरू होने से काफी पहले मलाला और उसका परिवार स्वात घाटी छोड़कर चले गए। जब पाकिस्तानी सेना ने स्वात पर नियन्त्रण कर लिया तो वे मिंगोरा लौट आए। तब उसके वालिद ज़ियाउद्दीन ने निश्चय किया कि उसका वास्तविक नाम सबके सामने लाया जाए। ऐसा उन्होंने इसलिए किया क्योंकि उन्होंने मलाला का नाम एक अन्तरराष्ट्रीय शांति पुरस्कार के लिए नामित किया था।

वापस लौटने के बाद मलाला ने अपनी वास्तविक पहचान जाहिर की कि

यह वही लड़की है जो बी.बी.सी. उर्दू के लिए ब्लॉग लिखती रही है। पाकिस्तानी टी.वी. न्यूज चैनल पर दिखाई देने लगी है। उसे पाकिस्तानी सरकार ने राष्ट्रीय शान्ति पुरस्कार दिया और इसके साथ ही वह आम लोगों के बीच अपनी बात कहने के लिए उनसे मिलने लगी। लड़कियों की शिक्षा के अधिकार का अभियान चलाने वाली लड़की के रूप में वह चर्चित होने लगी। पाकिस्तान के बाहर भी उसकी प्रसिद्धि फैली क्योंकि *न्यूयॉर्क टाइम्स* द्वारा फिल्माई गई एक डॉक्यूमेंट्री में उसे दिखाया गया था।

यह मिंगोरा से जाने से पहले की घटना है। एक दिन की बात है, दोपहर का समय था। मलाला खाना खाकर किताब पढ़ने बैठ गई थी। वह सोचती थी कि जब तक स्कूल नहीं खुलते, वह घर पर रहकर ही खुद पढ़ाई करती रहे। इससे उसके अन्दर चल रही उथल-पुथल काफी हद तक शान्त हो जाती थी। पढ़ते-पढ़ते नींद से उसकी पलकें झपकने लगीं थीं कि तभी मिंगोरा की गलियों में गोलियों की आवाज़ सुनाई दी। वह घबराकर अपने वालिद के पास भागी जिनके बगल में उसके दोनों भाई सो रहे थे। ज़ियाउद्दीन यूसुफ़ज़ई ने मलाला के कन्धे थपथपाते हुए कहा, ''डरने की कोई बात नहीं है, यह शान्ति के लिए गोलियाँ दागी गई हैं।'' फिर ज़ियाउद्दीन ने उसे बताया कि उन्होंने अखबार में पढ़ा था कि सरकार व उग्रवादी अगले दिन एक सन्धि समझौता करने वाले हैं।

मलाला को यह सुनकर सहज ही विश्वास नहीं हुआ। तालिबान भरोसे के लायक कतई नहीं थे। उनके जैसे क्रूर हत्यारों पर विश्वास करने का मतलब था—खुद को धोखा देना। लेकिन जब रात को तालिबान के एफ.एम. रेडियो से शान्ति समझौते की घोषणा की गई तो एक बार फिर से गोलियाँ चलने की आवाज़ आई। उस समय मलाला ने अपने ब्लॉग पर लिखा, ''लोग सरकार से ज़्यादा उग्रवादियों की बात पर भरोसा करते हैं।''

यह घोषणा सुनते ही ज़ियाउद्दीन और मलाला की अम्मी और उसके दोनों भाइयों की आँखों में आँसू आ गए। मलाला हालाँकि अभी भी विश्वास नहीं कर पा रही थी, पर इसके बावजूद उसके अन्दर उम्मीद की एक किरण जाग गई। उसे लगा, अब सब कुछ ठीक हो जाएगा। वह अम्मी के गले लग गई और अपने वालिद से बोली, ''अब्बू, अब मैं स्कूल जा पाऊँगी। ऐसा होगा न? हमारा स्वात एक बार फिर से रौशन हो जाएगा और स्कूल खुल जाएँगे। हम पढ़ेंगे, हमें हमारे अधिकार मिलेंगे।''

अपनी बच्ची के सिर पर हाथ फेरने के सिवाय ज़ियाउद्दीन कुछ नहीं कर सके, आखिर वह जवाब देते भी तो क्या? बरसों से तालिबान के क़हर को जो सह रहे थे।

मलाला स्कूल जाने के असंख्य सपने मन में पाले किताबों को निरन्तर पढ़ती रहती। उसने अपनी सहेलियों से भी कहा कि वे अब स्कूल जाने की तैयारी कर लें। कुछ दिनों बाद एफ.एम. रेडियो पर तालिबान के नेता मौलाना फैजलुल्लाह ने महिला शिक्षा पर से प्रतिबन्ध उठाने की घोषणा की और कहा कि लड़कियाँ मार्च में होने वाली वार्षिक परीक्षा तक स्कूल जा सकती हैं, पर उन्हें बुर्का पहनना होगा।

यह घोषणा सुनने के बाद तो उसे पूरा यकीन हो गया कि अब वह अपने सपनों को हकीकत में बदल सकेगी। उस रोज़ वह अपनी सहेलियों से जाकर मिली। वे भी बहुत खुश थीं और फिर से एक साथ मस्ती करने व पढ़ने के खयाल से वे रोमांचित हो रही थीं। दोपहर को ही उन्हें धार्मिक शिक्षा पढ़ाने वाली टीचर उनके घर आई। मलाला ने उनके साथ बैठकर देर तक बात की।

मलाला और उसकी टीचर—दोनों ही बुर्का पहनने की बात से खफा थीं। लेकिन इस बात की तसल्ली थी कि चलो, महिला शिक्षा पर से प्रतिबन्ध तो हट गया। पर मलाला टीचर के लाख समझाने पर भी अड़ी हुई थी और यही कहती, ‘‘मैं बुर्का नहीं पहनूँगी। यह तालिबान चाहे जो कर ले। इस तरह वह हमारी पहचान छुपाकर हमें अँधेरों में नहीं धकेल सकता है।’’

उसकी बातें सुनकर ज़ियाउद्दीन ने तो उसका समर्थन किया, पर उसकी अम्मी और टीचर दोनों ही काँप गई। टीचर ने अम्मी से कहा, ‘‘अल्लाह न करे, यह बच्ची किसी मुसीबत का शिकार हो जाए। तालिबान के खिलाफ जाना, मतलब मौत के मुँह में जाना है।’’ टीचर की बात सुनकर उसकी अम्मी ने उसे बहुत समझाया कि वह बुर्का पहनकर ही स्कूल जाए, पर दृढ़ निश्चयी मलाला को उसके निश्चय से डिगाना आसान नहीं था। वह जो एक बार ठान लेती थी, करके रहती थी।

अभी लड़कियों में इतना खौफ था कि बहुत ही कम लड़कियाँ स्कूल आ रही थीं। वे इस बात से आतंकित रहती थीं कि कहीं रास्ते में तालिबान उनका अपहरण न कर लें या उनके मुँह पर तेजाब न फेंक दें। ऐसा करना उन आतंकियों के लिए बहुत आम बात थी।

वार्षिक परीक्षाएँ नज़दीक थीं और स्कूलों के बन्द रहने के कारण तैयारी भी नहीं हो पाई थी। स्कूल में जब उसने देखा कि उसकी सहेलियाँ नहीं आ रही हैं क्योंकि उस क्षेत्र में अभी भी तालिबान सक्रिय थे और रास्ते में अपने हथियारों सहित चक्कर काटते रहते थे। मलाला ने स्कूल की अन्य छात्राओं को भी प्रोत्साहित किया कि वो स्कूल आना बन्द करने के बजाय हिम्मत से उन आतंकियों का मुकाबला करें, पर वह उनके भीतर के डर को नहीं निकाल पाई। वह घर-घर जाकर छात्राओं को समझाने का प्रयास करती रही, पर दो-तीन दिनों बाद पुनः सारी स्थिति स्पष्ट हो गई। उसके अब्बू ने उसे बताया कि शान्ति समझौता रद्द हो रहा है। मलाला ने उस समय ब्लॉग पर लिखा, ''सेना व तालिबान के बीच युद्ध हुआ और गोलियों के चलने की आवाज़ें आईं। लोग फिर से डर गए कि अब शान्ति लम्बे समय तक कायम नहीं रहेगी। कुछ लोग कह रहे थे कि यह शान्ति समझौता स्थायी नहीं था। फिर से लड़ाई छिड़ने वाली है।''

शान्ति समझौते के कुछ आसार नज़र नहीं आ रहे थे, और मलाला के भीतर की छटपटाहट बढ़ती जा रही थी। तत्कालीन राष्ट्रपति आसिफ अली ज़रदारी ने कानून में एक विवादास्पद अधिनियम पर हस्ताक्षर किए जिसमें पहले स्वात क्षेत्र में शरीयत कानून की बहुत ही जटिल व्यवस्था की गई थी। इस धारा को समर्थन मिला 'तहरीक-ए-शरीयत-ए-मोहम्मदी के संस्थापक सूफी मोहम्मद का। यह तालिबान ग्रुप उस समय बहुत सक्रिय था। उसने फरमान जारी किया, ''अब से औरतें न तो बाज़ार जाएँगी और न ही नौकरी पर।''

सरकार व तालिबान के बीच भी टकराहट लगातार बढ़ती जा रही थी। अन्ततः सरकार को पूरे ज़िले में एक सैन्य ऑपरेशन शुरू करना पड़ा। पाकिस्तानी सेना स्वात घाटी के दूसरे युद्ध को नियन्त्रित करने के लिए चारों ओर फैल गई। मिंगोरा को खाली करा लिया गया और यूसुफ़ज़ई परिवार विस्थापित व अलग हो गया। ज़ियाउद्दीन इस बात का विरोध करने के लिए पेशावर चले गए जबकि मलाला को उसकी अम्मी व भाइयों के साथ रिश्तेदारों के पास एक देहात में भेज दिया। वह कहती है, ''मेरा वहाँ बिलकुल मन नहीं लगता था, क्योंकि वहाँ पढ़ने के लिए किताबें नहीं थीं।''

केवल ज़ियाउद्दीन का परिवार ही विस्थापित नहीं हुआ था, उस दौरान बच्चे-बूढ़े-नौजवान-महिलाएँ—सभी सड़कों पर नज़र आ रहे थे। हज़ारों लोग स्वात से पलायन के लिए तैयार थे। किसी के कन्धे पर सामान से भरे बैग, तो कहीं

कन्धों पर मासूम बच्चे थे। तालिबान और सरकार का झगड़ा आम लोगों के लिए एक बुरा सपना बन गया था। पाकिस्तानी सरकार चेतावनी दे रही थी कि आने वाले दिनों में तालिबान के खिलाफ संघर्ष और तेज़ होगा। संकट खत्म होने के कोई आसार नज़र नहीं आ रहे थे। बिगड़ते हालातों को देखते हुए खुद प्रशासन ने लोगों से जल्दी से जल्दी मिंगोरा छोड़कर जाने को कहा।

स्वात में कर्फ्यू लगा था और लोग तय नहीं कर पा रहे थे कि प्रशासन की चेतावनी पर अमल कैसे करें। प्रशासन ने तब कर्फ्यू में छह घंटे की ढील दी। ढील मिलते ही लोग घाटी से भागने लगे। पुलिस चौकियों, सर्किट हाउस और पॉवर स्टेशन की भी घेराबन्दी कर ली गई।

स्वात घाटी में तीन महीनों तक लगातार सैनिकों और तालिबान लड़ाकुओं के बीच हथियारबन्द संघर्ष चलता रहा और उसके बाद स्कूलों में पढ़ाई फिर से शुरू हो गई जिसे लेकर तालिबानी शासन सबसे ज़्यादा रुष्ट था।

तीन महीने उन्हें ऐसे ही अलग और अपने स्वात से दूर रहना पड़ा। एक दिन उन्हें खबर मिली कि प्रधानमन्त्री ने घोषणा की है कि स्वात घाटी में अब लौटा जा सकता है। वहाँ अब सुरक्षा का माहौल है क्योंकि पाकिस्तानी सेना ने तालिबान को शहर से बाहर धकेल दिया है। तीन महीने अलग रहने के बाद यूसुफज़ई परिवार को फिर साथ रहने का मौका मिला। मलाला और उसके दोनों भाई चहक रहे थे। एक तरफ अब्बू से मिलने की खुशी थी तो दूसरी ओर 'अपने स्वात' लौटने का एहसास उसे तरंगित कर रहा था। अपना घर, मोहल्ला, सहेलियाँ...सब को याद करती मलाला 24 जुलाई, 2009 को वापस स्वात घाटी में लौट आई।

राजनीतिक कैरियर

उथल-पुथल और हमेशा आतंकित रहने के बाद स्वात घाटी का शान्त वातावरण सबको सुकून दे रहा था। मलाला लौटी तो उसकी सक्रियता फिर से शुरू हो गई। वह यों ही हाथ पर हाथ धरे या चैन से बैठने वालों में से नहीं थी। वैसे भी वह जानती थी कि तालिबान इतनी जल्दी हार मानने वाला नहीं है और वह चुप नहीं बैठेगा।

मलाला किसी न किसी गतिविधि में सम्मिलित हो जाती और तब तक भागदौड़ करती रहती, जब तक कि वह काम पूरा नहीं हो जाता। सामाजिक स्तर पर तो उसने महिला शिक्षा सम्बन्धी अभियान छेड़े ही हुए थे, लेकिन अब उसका राजनीतिक कैरियर भी शुरू हो गया।

22 दिसम्बर, 2010 का एक वीडियो—मलाला बच्चों से भरे एक असेंबली रूम में आती है। उसे देखते ही बच्चे ताली बजाने लगते हैं। वह मंच पर रखी एक कुर्सी पर बैठ जाती है। उसके पीछे एक बैनर लगा है, जिस पर लिखा है 'डिस्ट्रिक्ट चाइल्ड असेंबली, स्वात।' इस असेंबली को खपाल कोर फाउंडेशन द्वारा यूनिसेफ के सहयोग से स्थापित किया गया था। इसका उद्देश्य है—युवाओं को बच्चों के अधिकारों से जुड़े मुद्दों को लेकर आवाज़ उठाने का मौका देना और इन मुद्दों का समाधान प्रस्तुत करना।

असेंबली में बोलते हुए मलाला ने कहा, ''लड़कियों के लिए यह एक अच्छा अनुभव है कि वे स्टेकहोल्डरों, गैरसरकारी व सरकारी संगठनों के सामने अपने विचार रख सकें।''

वर्ष 2009 में खपाल कोर फाउंडेशन द्वारा गठित व यूनिसेफ के खर्च से चलने वाली डिस्ट्रिक्ट चाइल्ड असेंबली में विभिन्न स्कूलों के बच्चे भागीदारी करते

हैं। मलाला को जब इसमें चेयरपर्सन के रूप में आमन्त्रित किया गया तो उसने कहा, "तालिबान ने हमारे जिन स्कूलों को नष्ट कर दिया है, हमें उनका पुनर्निर्माण करना होगा। हज़ारों बच्चे ऐसे हैं जो स्कूल नहीं जाते हैं और सबसे दुखद बात तो यह है कि इस ओर सरकार का ध्यान है ही नहीं। बच्चों को ठंड में टेंटों में पढ़ने के लिए जाना पड़ रहा है।" मशहूर डायरेक्टर एडम एलिक ने मलाला के हौसले को देख कर डॉक्यूमेंट्री फिल्म बनाने का फैसला किया।

एडम एलिक की *न्यूयॉर्क टाइम्स* की डॉक्यूमेंट्री *क्लास डिसमिस्ड* में न सिर्फ स्वात में स्कूलों का बन्द होना दिखाया गया था, वरन स्वात में भी ठहराव आना दिखाया था, क्योंकि लगभग 1 करोड़ गाँववासी सुरक्षित स्थानों की ओर पलायन कर गए थे। टी.टी.पी. से बचने के लिए लोग कैसे भाग रहे हैं, उन दृश्यों को इसमें कैद किया गया था। ज़ियाउद्दीन युसुफ़ज़ई ने इस डॉक्यूमेंट्री को बनाने में मदद दी। स्कूलों को इसमें पाकिस्तानी सैनिकों की किलेबन्दी के रूप में दिखाया गया और यह भी फिल्माया गया कि कैसे इमारतें गोलाबारी से नष्ट हो गईं।

डॉक्यूमेंट्री के अन्त में कैमरा दिखाता है कि मलाला पाकिस्तान और अफ़गानिस्तान के राष्ट्रपतियों तथा अमरीका के राष्ट्रपति ओबामा के विशेष प्रतिनिधियों के साथ बैठी है और उनसे शिक्षा के लिए अमेरिका की सहायता माँग रही है। इस दृश्य को दर्शाने का उद्देश्य मलाला की दृढ़ता दिखाना तथा इस अवधारणा को स्थापित करना था कि शिक्षा व्यवस्था तालिबान की धमकी का शिकार है।

मलाला अपने विभिन्न अभियानों, ब्लॉग लिखने व पाकिस्तानी टी.वी. पर आने के कारण अपनी एक पहचान बना चुकी थी और लोग उसके कार्यों की प्रशंसा करते हुए आपस में चर्चा भी करने लगे थे। एक बच्ची इतना सब कुछ कर सकती है, यह जानकर एक तरफ लोग हैरानी में पड़ जाते, वहीं दूसरी ओर उसकी काबिलियत का लोहा मानते। उन्हें लगता कि अवश्य ही यह बच्ची एक दिन कुछ कर दिखाएगी। विभिन्न संस्थाएँ उसे कार्यक्रमों में आमन्त्रित करने लगीं, खासकर बच्चों से जुड़े कार्यक्रमों में।

मलाला ने फिर *इंस्टीट्यूट फ़ॉर वॉर एंड पीस रिपोर्टिंग* के *ओपन माइंड्स* प्रोजेक्ट में भाग लेना शुरू कर दिया। इस प्रोजेक्ट का लक्ष्य था—पाकिस्तान में 42 स्कूलों में पत्रकारिता प्रशिक्षण शुरू करना तथा समकालीन मुद्दों पर विचार-विमर्श कर किसी नतीजे पर पहुँचना। अपने खुले विचारों और मुद्दों के सही समाधान

की वजह से मलाला काफी हद तक अपने लक्ष्यों में सफल हुई। उसकी सफलता से बहुत लोगों को प्रेरणा मिली और प्रोग्राम से जुड़ने का लोगों ने उत्साह दिखाया जिसमें लड़कियों की संख्या सबसे ज़्यादा थी। *ओपन माइंड्स* युवाओं को उन मुद्दों पर लिखने के लिए प्रोत्साहित करने के लिए विचार-विमर्श करने के क्लबों का आयोजन करता है।

लोगों का समर्थन मिलने के कारण मलाला अब और खुलकर बोलने लगी थी। एक दिन वह *जीओ टी.वी.* के स्टार एंकर हामिद मीर के नए शो में दिखाई दी। उसने इस दौरान बताया कि कैसे पिछले दो वर्षों से उसका शहर बम-धमाकों को झेल रहा है। मीर ने उससे पूछा, ''तुम क्या बनना चाहती हो?''

मलाला यह सवाल सुन मुस्करा उठी। उस खौफनाक माहौल में जहाँ लड़कियों की शिक्षा पर ही पाबन्दी लगा दी गई हो और निरन्तर एक अनिश्चित भविष्य सामने हो, मलाला ने बहुत दृढ़ता से कहा, ''मैं राजनेता बनना चाहती हूँ। मेरे देश पर संकट छाया हुआ है। हमारे राजनेता आलसी हैं। मैं व्याप्त आलसीपन को हटाना चाहती हूँ और देश की सेवा करना चाहती हूँ।'' यह कहते हुए मलाला की आँखों में चमक आ गई थी।

कुछ दिनों बाद मलाला ने ए *मॉर्निंग विद फराह* नामक टॉक शो में हिस्सा लिया। उसने उस समय पेस्टल कलर की ट्यूनिक और सिर पर स्कार्फ पहना हुआ था। फराह हुसैन ने बातचीत करते हुए कहा, ''तुम्हारी उर्दू बहुत शानदार है।''

यह सुनते ही मलाला के गुलाबी गाल और भी गुलाबी हो गए। वह हँसी तो उसके गालों पर पड़ने वाले गड्ढों ने उस प्यारी-सी बच्ची के भीतर कुलबुलाते असंख्य सवालों को मानो कुछ क्षण के लिए गायब कर दिया। लेकिन अगले ही पल जैसे ही फराह ने तालिबान का ज़िक्र छेड़ा तो उसका चेहरा गुस्से से तमतमा उठा और वह बहुत ही तेज़ और क्रोधित स्वर में बोली, ''अगर तालिब आएगा तो मैं अपनी सैंडिल उतारकर उसके चेहरे पर मारूँगी। मैं ही नहीं, मेरी सहेलियाँ भी इन तालिबानों को शैतानों से भी ज़्यादा गया-गुज़रा मानती हैं जबकि ये अपने को खुदा का खास दूत समझने की मूर्खता करते हैं।''

गुल मकई की असलियत तो पहले ही उजागर हो चुकी थी। तालिबान यह जानकर कि एक बच्ची उसके खिलाफ आग उगल रही है, तिलमिला उठा था। उसके लिए यह असहनीय था कि एक लड़की उसका विरोध करे। तभी

तालिबान के नेता ने ठान लिया था इस लड़की को अपने रास्ते से हटाना ही होगा। अगर लोगों ने विरोध की मशालें जला लीं तो वह कभी भी अपने मकसद में कामयाब नहीं हो पाएगा।

मलाला यूसुफ़ज़ई और उसके वालिद ज़ियाउद्दीन युसुफज़ई को उसके बाद से धमकियाँ मिलने लगीं। उनके घर और स्कूल पर पत्थर फेंके जाने लगे। यह देखकर सरकार ने उन्हें सुरक्षा देने की पेशकश की, पर ज़ियाउद्दीन ने मना कर दिया और इसमें उनका साथ दिया मलाला ने। ज़ियाउद्दीन ने सरकार की पेशकश ठुकराते हुए कहा, ''अगर बन्दूकें चारों तरफ तनी रहेंगी तो स्कूल में सामान्य वातावरण नहीं रह पाएगा।'' मलाला न तो तालिबान की धमकियों से घबराई थी, न ही उसने बोलना छोड़ा था। बल्कि वह ज़ोर-शोर से तालिबान के विरुद्ध मुहिम चलाने में जुट गई थी।

स्कूल की छुट्टियाँ होने वाली थीं और हमेशा की तरह इस बार भी ज़ियाउद्दीन छात्राओं को मरगाजर में वॉटरफॉल दिखाने ले जाने वाले थे। मरगाजर का शाब्दिक अर्थ होता है, हरी घाटियाँ और वह वास्तव में है भी ऐसा—भव्य पर्वत, सुखद वातावरण, ठंडे पाने के झरने, फूलों की खुशबू पेड़ों से लदे फूल—सबका मन मोह लेते हैं।

एक दिन किसी ने उनके स्कूल में पर्चा फेंका जिस पर लिखा था, 'तुम हमारी लड़कियों के चरित्र का पतन कर रहे हो और पिकनिक स्पॉट पर ले जाकर अश्लीलता फैला रहे हो जहाँ वे बिना परदे में घूमेंगी।'

इसके बावजूद ज़ियाउद्दीन नहीं डरे और सारी छात्राओं को लेकर मरगाजर चले गए। मलाला और उसकी सहेलियाँ और बाकी छात्राएँ बहुत ही खुश थीं, क्योंकि बहुत दिनों बाद वे खुलकर साँस ले पाई थीं।

एक दिन बहुत सुबह-सुबह उनके घर का दरवाज़ा खटका। ज़ियाउद्दीन सोते-सोते उठे। उन्हें लगा कि अवश्य ही तालिबान ने उनके यहाँ हमला बोल दिया है। फिर भी हिम्मत कर उन्होंने दरवाज़ा खोला। उनका भाई अकील यूसुफ़ज़ई दरवाज़े पर खड़ा था। अपने भाई को इतनी सुबह देखकर ज़ियाउद्दीन को बहुत हैरानी हुई, लेकिन उन्होंने सोचा अवश्य ही कोई ज़रूरी काम होगा। उसके चेहरे पर वैसे भी परेशानी झलक रही थी। अकील ने घर के ऊपर आने से पहले देखा कि कोई उसका पीछा तो नहीं कर रहा है।

ज़ियाउद्दीन ने उसके कन्धे पर हाथ रखा मानो उसे तसल्ली देना चाहते

हों। फिर पूछा, ''क्या हुआ अकील, इतने घबराए हुए क्यों हो? घर में सब खैरियत तो है न?''

''भाईजान, मेरी फिक्र न करें। मुझे तो केवल मलाला की फिक्र है। मेरी तो आपसे यही गुज़ारिश है कि आप मलाला को इस तरह सार्वजनिक रूप से बोलने से मना करें। अगर ऐसा नहीं कर सकते या मलाला न माने तो बेहतर होगा कि आप देश छोड़कर चले जाएँ। उसकी जान खतरे में आ सकती है। उसकी बातें लोगों में तालिबान के विरुद्ध चिंगारी भड़का रही हैं। तालिबान इसे कभी बर्दाश्त नहीं करेगा। वह कुछ भी कर सकता है, भाईजान!'' अकील की आँखों में खौफ था और बोलते समय उसकी ज़ुबान कंपकंपा रही थी। अपनी प्यारी भतीजी को लेकर वह अत्यन्त चिन्तित था।

ज़ियाउद्दीन ने सहारा देकर अपने भाई को बैठाया। उन्हें अकील की बातें सुनकर कोई हैरानी नहीं हुई थी। जो हालात थे, उसमें कुछ भी हो सकता था और उनके घनिष्ठ मित्र भी उन्हें परिवार सहित देश छोड़कर चले जाने की सलाह दे चुके थे। मलाला उस समय सो रही थी। ज़ियाउद्दीन ने उसे जगाया और कहा, ''तुम्हारे चचा कहते हैं कि हम खतरे में हैं और हमें यहाँ से चले जाना चाहिए।'' मलाला यह सुनकर कतई भी हैरान नहीं हुई और बहुत ही दृढ़ स्वर में वह बोली, ''मेरे चचा बहुत अच्छे हैं, पर वह जो सलाह दे रहे हैं, वह बहादुरी की नियमावली से मेल नहीं खाती है।''

प्रसिद्धि बढ़ती गई

मलाला की प्रसिद्धि जितनी ज़्यादा बढ़ रही थी, खतरा भी उतना बढ़ रहा था। तालिबानी इस बात के लिए विख्यात थे कि जो लोग उनके विरुद्ध बोलते हैं, वे उन पर हमला बोल देते हैं। हालाँकि तब धीरे-धीरे स्वात में सरकार का नियन्त्रण कायम हो रहा था और तालिबानी आतंक कम होने लगा था और देशी-विदेशी मीडिया ने भी वहाँ दस्तक दे दी थी। उन्होंने तालिबानी दौर के ज़ुल्मो-सितम पर स्टोरी लिखनी शुरू कर दी थी। उस समय अन्तरराष्ट्रीय मीडिया में भी मलाला पर काफी कुछ लिखा गया।

अक्टूबर 2011 में डेसमंड टूटू ने मलाला यूसुफ़ज़ई के *इन्टरनेशनल चिल्ड्रन्स पीस प्राइज* के नामांकन की घोषणा की। उसके बाद तो वह पाकिस्तान में सेलेब्रिटी बन गई। दक्षिण अफ्रीका के नोबेल पुरस्कार विजेता डेसमंड टूटू ने एमस्टरडम, हॉलैंड में 90 भागीदारों में उसका नाम मनोनीत किया। उन्होंने इस समारोह में कहा, ''मलाला ने अपने तथा अन्य लड़कियों के लिए खड़े होने की हिम्मत दिखाई और दुनिया को यह बताने के लिए कि लड़कियों को भी स्कूल जाने का अधिकार है, राष्ट्रीय व अन्तरराष्ट्रीय मीडिया का इस्तेमाल किया।'' उसके मान-सम्मान और लोकप्रियता में तब और वृद्धि हुई जब उसे 19 दिसम्बर, 2011 को पाकिस्तानी सरकार ने पाकिस्तान का पहला युवाओं को दिया जाने वाला 'राष्ट्रीय शान्ति पुरस्कार' दिया। तत्कालीन प्रधानमन्त्री यूसुफ रज़ा गिलानी ने मलाला को यह पुरस्कार दिया। पुरस्कार लेते हुए मलाला ने अपनी खुद की राजनीतिक पार्टी बनाने की इच्छा ज़ाहिर की। ''उसमें ऐसे लोग शामिल किए जाएँगे जो शिक्षा के लिए काम करेंगे। मेरी पार्टी चारों प्रान्तों में काम करेगी।''

मलाला के ही कहने पर प्रधानमन्त्री गिलानी ने स्वात डिग्री कॉलेज फॉर वूमन के अन्दर एक आई.टी. कैंपस बनाने का आदेश दिया।

''मलाला, मलाला, हर तरफ आखिर मलाला के ही चर्चे क्यों हो रहे हैं?'' तालिबान का आक्रोश फटने लगा। परिणामतः अखबारों में मलाला को मारने की धमकियाँ छपने लगीं और दरवाज़े के नीचे से अखबारों की कतरनों को उसके घर में डाला जाने लगा। फेसबुक पर भी उसे धमकियाँ मिलने लगीं और उसके नाम से नकली प्रोफाइल बनाए गए। मलाला ने अपने फेसबुक पेज को हटा दिया और डिजिटल-सिक्योरिटी सेशनों में भाग लेना शुरू कर दिया। साथ ही, उसने शपथ भी ली, कि वह कभी लड़कियों की शिक्षा के लिए काम करना नहीं छोड़ेगी।

तालिबानी उसे मारने की योजना बना रहे हैं, इसका उसे आभास था, इसलिए वह कहती, ''मगर वे मुझे मारने भी आए तो भी मैं उन्हें कहूँगी कि वे गलत कर रहे हैं, क्योंकि शिक्षा हमारा मूल अधिकार है।''

सन 2012 में टी.टी.पी. की चौकस निगाहें देख रही थीं कि लोग उसकी पूजा करने लगे हैं और स्कूलों के नाम उसके नाम पर रखे जा रहे हैं। वह राजनेताओं से मिल रही है और अपनी स्वयं की राजनीतिक पार्टी बनाना चाहती है।

मलाला तालिबान के लिए एक खतरा इसलिए बनी क्योंकि उसकी चुनौती, उसका विरोध दूसरों के लिए प्रेरणा बना। उसने तालिबान के दिलों में डर पैदा कर दिया। वे लोग जिनमें बहादुरी, शक्ति व दृढ़ता की कमी थी, उनके लिए वह एक मिसाल बनकर उभरी। इसीलिए तालिबान ने जाना कि अगर नेता को गोली मार दी जाए तो उसके अनुयायी डर जाते हैं। उनके लिए ऐसा करना ताकत का परिचायक था, पर वास्तव में यह कृत्य कायरता का द्योतक साबित हुआ। इससे उनकी कमज़ोरी के बारे में दुनिया को पता चला। नहीं तो क्या वह एक बच्ची के विरोध करने से डरता?

पूरी दुनिया ने तब देखा कि क्रूर तालिबान कितना कमज़ोर है—एक लड़की, जिसके पास केवल लेखनी का हथियार था, उन्हें अपने लिए सबसे बड़ा खतरा लगने लगी और उसे अपनी दरिंदगी का निशाना बनाकर उन्होंने साबित कर दिया कि सच में एक नेता तैयार हो रहा था।

लेकिन यह गलत बात भी नहीं है। मलाला के कार्यों, उसकी दृढ़ता और हिम्मत को देखकर ऐसा ही लगता है कि 21वीं सदी की एक ऐसी नेता तैयार हो रही है जिसकी आँखों में बेहतर दुनिया बनाने का सपना पल रहा है। जो

इस सपने को हकीकत में बदलने को कटिबद्ध है। मलाला ने कहा, ''मैंने ऐसे देश का सपना देखा है जहाँ शिक्षा सर्वोपरि है।''

आज मलाला यूसुफ़ज़ई, यह नाम पूरे विश्व में दमनकारी रूढ़ मानसिकता के प्रतिरोध में मानवीय संघर्ष व विकासवादी क्रान्ति का एक प्रतिमान बन गया है।

14 वर्षीय इस बच्ची पर किया गया जानलेवा हमला जेहादी आतंक का ऐसा घिनौना चेहरा था जिसकी निन्दा के लिए मानवरचित शब्दकोश में शायद ही कोई उपयुक्त शब्द मिले। पूरी दुनिया ने इस घटना की निन्दा की जबकि तालिबान ने घटना की सीना फुलाकर ज़िम्मेदारी ली और खुलेआम कहा कि चूँकि लड़की ने काफ़िराना तरीके से इस्लाम के खिलाफ आवाज़ उठाई है। अतः यदि वह ज़िन्दा बच जाती है हम उसे फिर मारेंगे।

हालाँकि तालिबान ने जैसा सोचा था, बात वहीं पर जाकर खत्म नहीं हुई, वरन मलाला के पक्ष में पाकिस्तान सरकार ही नहीं, पूरी दुनिया ही उठ खड़ी हुई। जब पूरा मुल्क इन कट्टरपन्थियों के खिलाफ अंगड़ाई लेता नज़र आने लगा तो तालिबान खिसिया गया। उसे समझ ही नहीं आया कि मुल्क के अवाम को अचानक क्या हो गया है? नन्ही बच्ची को मारने की ज़िम्मेदारी तो उन्होंने ली, पर सफाई भी देने लगे कि यह लड़की 'शरीयत कानून' के खिलाफ खड़ी हो गई थी। ऐसे में उन्हें मजबूरन गोलियाँ मारनी पड़ीं। हालाँकि तालिबान मलाला को मारने की धमकी दे रहा था, पर फिर भी किसी ने नहीं सोचा था कि वह उनकी गोलियों का शिकार बनेगी। *ह्यूमन राइट्स ब्रांच* के बेने शेपर्ड ने कहा, ''यह कहना सही नहीं होगा कि मलाला को खतरनाक ढंग से आगे धकेला गया। किसी को भी उम्मीद नहीं था कि ऐसा होगा।''

लेकिन बन्दूक तो हमेशा से ही थी, पर अँगुलियाँ तब तक ट्रिगर पर नहीं पहुँची थीं।

वे चाहें जो बोलें पर बात तो अब दूर तक जा चुकी है। स्वात घाटी ने मलाला को गोली लगने के बाद कहना शुरू कर दिया 'अब उनमें से हर एक लड़की मलाला है।' यहाँ तक कि स्वात घाटी में कई छात्राओं ने अपने दुपट्टों पर नारे लिख डाले, 'हम सब मलाला हैं।'

हुई क्रूरता की शिकार

वह 9 अक्टूबर का दिन था। वर्ष था 2012। ज़ियाउद्दीन यूसुफ़ज़ई उस समय प्रेस क्लब में स्थानीय सरकार के विरुद्ध बोल रहे थे जो प्राइवेट स्कूलों पर अपना नियन्त्रण स्थापित करने की कोशिश कर रही थी। उन्होंने अपना मोबाइल फोन अपने मित्र अहमद शाह को पकड़ा रखा था। तभी शाह ने देखा कि खुशहाल स्कूल के नम्बर से फोन आ रहा है तो उन्होंने ज़ियाउद्दीन की ओर फोन बढ़ाया। ज़ियाउद्दीन ने शाह से कहा कि 'स्कूल से ही तो फोन आया है, आप ही रिसीव कर लीजिए।''

शाह ने जैसे ही फोन पर 'हैलो' कहा, दूसरी ओर से किसी महिला की घबराती और काँपती आवाज़ सुनाई दी, ''किसी ने स्कूल बस पर हमला कर दिया है। जल्दी आओ।'' उसके बाद फोन कट गया। शाह से यह खबर सुनते ही ज़ियाउद्दीन तुरन्त ही बाहर की ओर लपके और चिन्तित स्वर में बोले, ''अवश्य ही किसी ने मलाला को निशाना बनाया है। तालिबान कब से उसकी जान का दुश्मन बना बैठा है। न जाने मेरी फूल-सी बच्ची कैसी होगी?''

उनकी आँखों से आँसू बह रहे थे। वह जल्दी ही उस अस्पताल में पहुँच गए जहाँ मलाला को लाया गया था। उसके मुँह से खून निकल रहा था। उसके सारे कपड़े भी खून से सने थे। ''अब्बू, अब्बू!'' उसने रोते-रोते हिचकी ली और फिर बेहोश हो गई।

घटनास्थल से चैक पॉइंट की दूरी सिर्फ़ चार मिनट की थी। बस का ड्राइवर मलाला को खून से लथपथ देख मदद के लिए चिल्लाया। कोई नहीं आया और इस तरह बीस मिनट गुज़र गए। बस में बैठी छात्राओं, टीचर और ड्राइवर को

यही लग रहा था कि इस हमले की ज़िम्मेदार सेना है, क्योंकि तालिबान की तरह वह भी मलाला और उसके वालिद को चुप करना चाहती थी।

पूरे एक महीने तक तालिबान शार्प शूटर्स की एक टीम ने मलाला की दिनचर्या पर नज़र रखी। वह कहाँ जाती है, किससे मिलती है और स्कूल आने-जाने का समय क्या है, स्कूल से घर आकर उसकी क्या-क्या गतिविधियाँ होती हैं—मलाला की हर छोटी-से-छोटी बात पर पैनी नज़र रखी गई और फिर बहुत ही योजनाबद्ध तरीके से उस पर हमला किया गया। हमला करने के बाद तालिबान ने बहुत गर्व से उसकी ज़िम्मेदारी ली और कहा, ''मलाला अमेरिकी जासूस है जो 'अश्वेत दानव ओबामा' को अपना आदर्श मानती है। पश्तो परम्परा को चुनौती देकर मलाला ने पाप किया है। उसने शरीयत कानून का उल्लंघन किया है और वह एक जासूस है जो बी.बी.सी. के माध्यम से मुजाहिद्दीन और तालिबान की सूचनाएँ दिया करती थी जिससे बदले में उसे पुरस्कार और इनाम मिला करते थे। जब भी वह इन्टरव्यू देने जाती तो मेकअप लगाया करती थी। मलाला अगर बच भी गई तो हम दुबारा उस पर हमला करेंगे। लेकिन अभी बारी ज़ियाउद्दीन की है। उसे भी हम मार देंगे। उसके वालिद ने ही उसका दिमाग खराब किया है। हमने उसे कई बार चेतावनी दी कि वह अपनी बेटी को हमारे खिलाफ बोलने से रोके, पर उसने हमारी एक नहीं सुनी और हमें मजबूरन यह कदम उठाना पड़ा। मलाला और उसके वालिद हमेशा हमारी हिट लिस्ट में रहेंगे और हमारी गोलियों से नहीं बच सकेंगे।''

मलाला को जो गोली लगी वह उसके कन्धे से निकलकर, उसके गर्दन व चेहरे को नियन्त्रित करने वाले कोमल ऊतकों को क्षतिग्रस्त कर गई। उसकी बेहोशी और अत्यधिक खून बह जाने की वजह से डॉक्टरों को डर था कि कहीं वह कॉमा में न चली जाए। उसे पेशावर के सेना अस्पताल में भर्ती कराया गया। उसके बाएँ मस्तिष्क में सूजन आ गई थी, जो तब प्रभावित हुआ था जब गोली वहाँ से होती हुई निकली थी। लेकिन मलाला कई दिनों तक कॉमा में रही। डॉक्टरों को ऑपरेशन करना पड़ा। तीन घंटे के ऑपरेशन के बाद डॉक्टर गोली निकालने में सफल हो गए जो उसकी रीढ़ की हड्डी में घुस गई थी।

मलाला की गम्भीर-हालत से पाकिस्तानी सरकार ही नहीं, वरन पूरी दुनिया

चिन्तित हो उठी। लोगों के हाथ दुआ में उठ गए और हर जगह एक ही बात थी, 'ठीक हो जाओ मलाला, ठीक हो जाओ मलाला!'

मलाला की बिगड़ती अवस्था देख पाकिस्तानी सरकार ने निर्णय लिया कि वह अपने खर्चे पर विदेश में उसका इलाज कराएगी। पाकिस्तानी सरकार किसी भी तरह का जोखिम लेने को तैयार नहीं थी। वैसे भी पूरी दुनिया मलाला की पक्षधर बनकर खड़ी हो गई थी। लोग उसके होश में आने का इन्तज़ार कर रहे थे। मासूम मलाला पीड़ा के सागर में गोते लगा रही थी। उसका कसूर क्या इतना बड़ा था कि उसे इतनी बड़ी सज़ा मिली?

सर्जरी से पहले मलाला के हाथ-पैरों में हरकत थी, जिससे पता चलता था कि उसे लकवा नहीं हुआ है। मलाला को कुछ अस्फुट स्वर में बोलते देख उसके वालिद, अम्मी और भाइयों की ही आँखों में आँसू नहीं आ गए थे, बल्कि स्वात घाटी का हर व्यक्ति अल्लाह का शुक्रिया अदा करने लगा था। उसकी स्कूल की सहेलियाँ अस्पताल के बाहर खड़ी रहतीं मानो वे पल-पल भी खबर रखना चाहती हों। तालिबानी आतंक सिर पर अब भी मंडरा रहा था, पर अचानक लोगों के भीतर एक साहस पैदा हो गया था और वे अपने मुल्क की बेटी की इस हालत का बदला तक लेने को तैयार हो गए थे।

इस बात का इन्तज़ार हो रहा था कि मलाला की हालत थोड़ी सँभले तो उसे फौरन लन्दन ले जाया जाए। इसके लिए बादशाह खान अन्तरराष्ट्रीय हवाईअड्डे के पास एक हवाईजहाज़ का प्रबन्ध करके रखा गया।

जब पेशावर के अस्पताल के डॉक्टर उसकी स्थिति संभालने में नाकाम रहे तो पाकिस्तानी और ब्रिटिश डॉक्टरों के एक पैनल ने जिन्हें सिर्फ उसके इलाज के लिए बुलवाया गया था, ने निर्णय लिया कि मलाला को रावलपिंडी आर्म्ड फोर्सेस इंस्टिट्यूट ऑफ कार्डियोलॉजी में शिफ्ट कर दिया जाए। उस समय सेना अस्पताल की मेडिकल टीम ने भी यही कहा कि उसमें काफी हद तक सुधार हो रहा है, पर स्थिति अभी भी गम्भीर बनी हुई है। डॉक्टरों ने तो यहाँ तक कह दिया कि उसके बचने की सम्भावना केवल सत्तर प्रतिशत ही है। जब से उसकी गोली निकाली गई थी, तब बेहोश ही थी।

'स्वात की बेटी', 'स्वात की आवाज़' आज खुद चुप थी। जिसकी हर आवाज़ पर लोग उसके पीछे चलने लगते थे, जिसके बुलन्द इरादों से तालिबान तिलमिला

गया और घबराकर उसने उस बच्ची पर गोली चला दी थी, वही उस समय बेआवाज़ थी। बहुत मुश्किल वक्त था वह स्वात के लिए। ज़ियाउद्दीन विश्वास ही नहीं कर पा रहे थे कि उनकी मलाला जो हमेशा अपनी प्यारी-प्यारी बातों और निर्भीक सोच से उनका मन मोहती थी, आज खामोश है। वह हिल-डुल भी नहीं रही है। पुकारने पर भी किसी तरह की प्रतिक्रिया नहीं कर रही है।

यह देख डॉक्टरों ने उसे वेंटीलेटर पर डाल दिया। सीटी स्कैन करने पर पता चला कि अभी भी मलाला के मस्तिष्क में थोड़ी सूजन है। लेकिन उसके बाकी अंग सामान्य रूप से ठीक से काम कर रहे थे। डॉक्टरों ने उसकी 'डीकम्प्रेसिव क्रेनिक्टॉमी' (decompressive Craniectomy) की जिसमें मस्तिष्क की सूजन को बढ़ने देने के लिए खोपड़ी के एक हिस्से को हटा दिया जाता है जिससे कि मस्तिष्क पर कोई दबाव न पड़े।

इसके बाद डॉक्टरों ने मलाला को दी जाने वाली नींद की दवाई में कटौती कर दी। फिर इस बात पर बहस होने लगी कि उसे इलाज के लिए कहाँ ले जाया जाए। पाकिस्तान के तत्कालीन इन्टीरियर मिनिस्टर रहमान मलिक ने सलाह दी कि मलाला की हालत में जैसे ही सुधार होगा, उसे जर्मनी भेज दिया जाएगा ताकि उसका बेहतरीन इलाज हो सके। संयुक्त अरब अमीरात के पाकिस्तानी राजदूत जमाइल अहमद ने पेशकश की कि उसका इलाज दुबई में होना चाहिए। संयुक्त राष्ट्र अमेरिका ने भी प्रस्ताव भेजा कि इलाज उसके देश में होना चाहिए।

बहुत ही विडम्बनापूर्ण बात थी यह कि मलाला की हालत एक तरह चिन्ताजनक थी, लोग उसके ठीक होने के लिए दुआ माँग रहे थे, और दूसरी राजनीति छिड़ी हुई थी कि किस देश में उसका इलाज हो, मानो हर देश मलाला को लोकप्रियता की भुनाना चाहता हो।

अन्ततः 15 अक्टूबर, 2012 को मलाला को ब्रिटेन भेज दिया गया। लन्दन के बर्मिंघम के क्वीन एलिज़ाबेथ अस्पताल में उसका इलाज शुरू हुआ।

क्वीन एलिज़ाबेथ अस्पताल में सेना में घायल हुए सैनिकों का इलाज किया जाता है। नई तकनीकों और बेहतरीन चिकित्सा से युक्त इस अस्पताल को मलाला की हालत की वजह से उपयुक्त माना गया। लेकिन जहाँ बेहतर चिकित्सा सुविधाएँ प्रदान करने की भावना दिखाई दी, वहीं कूटनीति का भी आभास हुआ। असल में पाकिस्तान और ब्रिटेन के सम्बन्ध बहुत पुराने थे जो सन् 1947 से चले आ

रहे थे।

16 अक्टूबर, 2012 को अस्पताल के एक्जीक्यूटिव मेडिकल डायरेक्टर, जो उन डॉक्टरों में से एक थे जो मलाला का इलाज कर रहे थे, ने कहा, "हम उसकी प्रगति से खुश हैं। मलाला की हालत सुधरी है, पर अभी भी निश्चित तौर पर कुछ कहना मुश्किल है क्योंकि ऐसे मामलों में यह जानने में ही छह से एक साल का समय लग जाता है, कि वास्तव में क्या हुआ है और उसका प्रभाव किस तरह पड़ेगा?"

लेकिन जैसे चमत्कार हुआ। 17 अक्टूबर, 2012 को अचानक मलाला कोमा से बाहर आ गई। अपनी दृढ़ इच्छाशक्ति के बल पर ही वह ऐसा कर पाई थी, क्योंकि उसे पता था कि अभी उसका मकसद पूरा नहीं हुआ है। उस 14 साल की बच्ची के सामने तो वैसे भी पूरी ज़िन्दगी पड़ी थी। उसे अपने सपने पूरे करने थे, उसे महिलाओं को शिक्षा का अधिकार दिलाना था! इंफेक्शन अभी भी उसके शरीर में फैला हुआ था। पर मलाला जो तालिबान की गोली से नहीं डरी, वह भला शरीर के इंफेक्शन के सामने कैसे झुकती? उसे तो उसने परास्त करना ही था।

हर कोई मलाला से मिलने को उत्सुक था लेकिन अभी डॉक्टरों ने इजाज़त नहीं दी थी, ज़ियाउद्दीन यूसुफ़ज़ई के बहुत अनुरोध करने पर 26 अक्टूबर, 2012 को डॉक्टरों ने इस शर्त पर कि ज़्यादा बात न की जाए—ज़ियाउद्दीन, मलाला की अम्मी और दोनों भाइयों को उससे मिलने की इजाज़त दे दी। ज़ियाउद्दीन अपनी बच्ची के सिर पर हाथ फेरते रहे। उसकी अम्मी को यकीन ही नहीं हो रहा था कि गोली उसकी फूल-सी बच्ची के दिमाग को छेद गई थी। मलाला ने अपने अम्मी-वालिद को हाथ हिलाकर तसल्ली दी कि वे चिन्ता न करें, वह ठीक है।

मलाला की आँखों में उस समय भी कोई खौफ नहीं था—न मरने का और न ही तालिबान की धमकी था कि वह दुबारा उस पर हमला करेगा।

अपने हक को पाने की मलाला जैसी जिजीविषा आखिर कितनी बच्चियों में हो सकती है, मलाला के बारे में सोचकर यही लगता है कि उम्र हमारे हौसलों और जज़्बों को हमारी मंज़िल तक नहीं पहुँचाती है। पहुँचाता है तो हमारा अटूट संकल्प और आत्मविश्वास, जो किसी भी बहाव में बह नहीं जाता है।

मलाला की खोपड़ी (स्कल) में एक तैयार की गई टाइटेनियम प्लेट फिट की गई और कोक्लियर इंप्लांट भी किया गया ताकि वह अपने बाएँ कान से जो क्षतिग्रस्त हो गया था, ठीक से सुन पाए। टाइटेनियम प्लेट उस छेद पर लगाई गई जो गोली लगने से उसकी खोपड़ी में हो गया था। उसके बोलने और सुनने की शक्ति क्षीण हो गई थी। यही नहीं, उसके जबड़े और चेहरे के स्नायु को भी पुनः बनाया गया जिनके कारण चेहरे के बिगड़ने का डर था।

पूरी दुनिया हो गई साथ

ज़ियाउद्दीन मलाला से मिलकर जब कमरे से बाहर आए तो मीडिया ने उन्हें घेर लिया। मीडिया उनसे सवाल कर रहा था, पर बेटी की तकलीफ से दुखी पिता की आवाज़ उसका साथ नहीं दे रही थी। बहुत ही काँपते स्वर में वह बोले, ''अब मलाला बेहतर है और अल्लाह चाहेगा तो जल्दी ही वह फिर से खेलने-कूदने और पढ़ने लगेगी। लेकिन जब ब्रिटेन लाने के लिए बेहोश मलाला को प्लेन में रखा गया तो उसके मस्तिष्क की सूजन अचानक बढ़ गई थी, क्योंकि वह कॉमा में थी और हमें लगा कि वह अब नहीं बचेगी।''

देश-विदेश से उसके लिए सन्देश व *गेट वेल सून* के कार्ड आ रहे थे। यह लोगों की दुआओं का ही नतीजा था कि मलाला कॉमा से बाहर निकल आई और उसने अपने परिवारजनों से बात की। उसके अस्फुट शब्दों में भी एक निर्भीकता थी और वह कह रही थी कि वह अब ठीक है और फिर से कट्टरपन्थियों का मुकाबला करने को तैयार है।

पाकिस्तान के राष्ट्रपति आसिफ अली ज़रदारी खुद मलाला से मिलने अस्पताल आए। यही नहीं, उन्होंने उस अपील पर भी हस्ताक्षर किए जिसमें लाखों लोगों ने लड़कियों को स्कूल भेजने वाले गरीब परिवारों को पैसा देने की माँग की थी। वह माँग मलाला का सम्मान करने के लिए की गई थी। राष्ट्रपति ज़रदारी ने कहा, ''मलाला के हमलावरों ने पाकिस्तान की बेटी को नहीं, पाकिस्तान को मारने की कोशिश की। उन्हें बख्शा नहीं जाएगा।''

मलाला अस्पताल में थी, लेकिन अस्पताल के बाहर उसके लिए संघर्ष जारी था। 15 अक्टूबर, 2012 को ब्रिटेन के भूतपूर्व प्रधानमन्त्री गोर्डन ब्राउन जो वर्तमान में ग्लोबल एजूकेशन के लिए संयुक्त राष्ट्र के विशेष राजदूत हैं, ने मलाला के

नाम पर एक याचिका दाखिल की, ''मलाला ने जिस उद्देश्य के लिए संघर्ष किया है, उसके समर्थन में उन्होंने 'मैं मलाला हूँ' का नारा दिया। याचिका की मुख्य माँग है कि 2015 तक कोई भी बच्चा ऐसा नहीं होगा जो स्कूल न जाए। मलाला जैसी लड़कियाँ जल्दी ही स्कूल जाने लगेंगी। मलाला दुनिया भर में लड़कियों की शिक्षा के लिए एक सच्ची प्रेरणा है और एक चमकता सितारा है। उसके इस साहस और दृढ़ संकल्प को लेकर मैं उसकी प्रशंसा करता हूँ और मुझे यकीन है कि प्रत्येक लड़के और लड़की को स्कूल तक पहुँचाने के इस अभियान में वह एक सच्चे नेता के रूप में उभरेगी।'' नवम्बर 2012 में जब ब्राउन इस्लामाबाद आए तो उन्होंने यह याचिका राष्ट्रपति आसिफ अली ज़रदारी को सौंपी।

मलाला को गोली लगने के बाद *टाइम मैग्ज़ीन* को दिए एक इन्टरव्यू में बी.बी.सी. उर्दू के प्रमुख अमीर अहमद खान ने कहा था, ''आज अगर मैं अपने डेस्क पर बैठकर सोचता हूँ तो यही खयाल आएगा कि हे अल्लाह, अगर उसे हमने नहीं ढूँढ़ा होता तो ऐसा कभी नहीं हुआ होता। इसका मतलब यह कतई नहीं है कि मैं उस योगदान को सराह नहीं रहा हूँ जो मलाला जैसे बच्चे उस उद्देश्य की पूर्ति के लिए करते हैं, जिसमें वे दृढ़ता से विश्वास करते हैं।''

पाकिस्तान ही नहीं, ब्रिटेन में भी मलाला पर किए जानलेवा हमले को लेकर आक्रोश था। वहाँ की बच्चियाँ भी उसके समर्थन में खड़ी हो रही थीं। ब्रिटेन में मुसलमानों की युवा नेता मरियम हुएल ने कहा, ''मलाला लोगों के लिए एक प्रेरणास्रोत है। मलाला की हिम्मत से मेरी छोटी बहन भी बहुत प्रभावित हुई है और अब वह पढ़ाई का महत्त्व जान गई है। वरना वह पढ़ने से दूर भागती थी।'' ब्रैडफोर्ड की मेलकॉम एक्स, साबिया परवेज़ मलाला पर चली गोली से बहुत आहत हुई। उन्होंने अपने विचारों को दुनिया के सामने कुछ इस तरह रखा :

''शिक्षा हमारा अधिकार है जिसे यहाँ ब्रिटेन में हम सहज मानकर चलते हैं। हम यह मानकर चलते हैं कि यह अनिवार्य है और यह भी कि 18 वर्ष तक की आयु तक मुफ्त है। हम यह मानकर चलते हैं कि हमें अपनी शिक्षा के लिए संघर्ष नहीं करना है, उसके लिए लड़ना नहीं है और सबसे अहम बात है कि उसकी खातिर हमें अपने जीवन को खतरे में नहीं डालना है। पर ऐसी कई लड़कियाँ है जो इसके लिए निरन्तर संघर्ष कर रही हैं। मलाला यूसुफ़ज़ई जैसी बहुत-सी, जिनसे यह अधिकार छीन लिया गया है। युगों से महिला शिक्षा को लेकर विवाद चला आ रहा है और यह माना गया है कि शिक्षा महिलाओं की बेहतरी करने

के बजाय नुकसान पहुँचाती है। कुछ समाज ऐसे हैं जहाँ यह धारणा आज भी व्याप्त है।

'' अनेक आँखें यह बताएँगी कि पुरुष उनकी शिक्षा व ज्ञान के कारण हीनभावना से ग्रस्त हो जाते हैं, इससे पुरुष सत्ता को चोट पहुँचती है। मुझे याद है कि मेरी दादी तक किस्सा सुनाया करती थीं कि जब उन्हें मासिक धर्म शुरू हुआ तो उनके बड़े भाई ने उन्हें स्कूल से निकाल लिया। उन्हें डर था कि अगर वह और आगे पढ़ेंगी तो उस आदमी से शादी नहीं करेंगी जिससे उन्हें करने को कहा जाएगा। मेरे दादा, दादी से उम्र में काफी बड़े थे और विधुर भी। एक बार मैंने उनसे पूछा था कि उन्हें अपने भाई का निर्णय कैसा लगा तो वह बोलीं कि उन्हें गुस्सा तो बहुत आया था, लेकिन यह सच था कि अगर वह और पढ़तीं तो तुम्हारे दादा से शादी कभी नहीं करतीं।

'' ब्रिटिश एशियाई लड़की के रूप में तीसरी युवा पीढ़ी के रूप में ब्रैडफोर्ड में खड़े होते हुए, मुझे भी इसी तरह की पिछड़ी हुई मानसिकता का सामना करना पड़ा–अपने माता-पिता तथा अपने समुदाय से। कई लोगों ने कहा कि मुझे ज़्यादा पढ़ाने की ज़रूरत नहीं है और जल्दी-जल्दी शादी कर देनी चाहिए ताकि माँ-बाप का बोझ हल्का हो। किसी ने कहा कि अगर मैं बहुत ज़्यादा शिक्षित हो गई तो मुझे नियन्त्रित करना कठिन होगा और शिक्षा मुझे 'बहुत ज़्यादा आज़ादी' दे देगी। वास्तव में मेरी शिक्षा ने मुझे स्वतन्त्रता दी, उसने मुझे अपने चारों ओर दिखने वाली समस्याओं का विश्लेषण करने की क्षमता दी, खुलकर प्रश्न पूछने की क्षमता दी।

'' यह तो अब स्पष्ट हो ही गया है कि आखिर क्यों तालिबान द्वारा उस समय लड़कियों की शिक्षा पर प्रतिबन्ध लगा दिया गया जब उसने स्वात घाटी पर कब्ज़ा किया। उसे डर लगने लगा था कि लड़कियों की शिक्षा उसकी सत्ता के लिए खतरा बन सकती है।''

यह सच है कि जब आप एक औरत को शिक्षित करते हैं तो आप केवल उसे शिक्षित ही नहीं करते हैं, उसे आज़ाद भी करते हैं। आप उसे स्वयं को जानने के पथ पर जाने के लिए अग्रसर करते हैं और समाज में अपनी स्थिति के बारे में सवाल करने के लिए उसे सक्षम बनाते हैं। आप उसे ज्ञान देकर ताकत देते हैं और यही खतरनाक बात है। यह तालिबान के लिए खतरा था, क्योंकि इसका अर्थ था कि अगर वे ऐसा करेंगे तो उनके सामने चुनौतियाँ खड़ी कर दी जाएँगी

और उनसे ज़्यादा बड़ी ताकत खड़ी कर दी जाएगी। उनका शासन तब तहस-नहस हो जाएगा। यह धमकी है जिसे वे कतई नहीं ले सकते और फिर अंजाम तो सबने देखा।

कट्टरपन्थी विचारधारा और रूढ़िवादी मानसिकता के कारण पाकिस्तान में महिलाओं की उन्नति का मार्ग आज भी बाधित है जबकि वर्ष 2001 में अफ़ग़ानिस्तान से तालिबान के सत्ता से हटने के बाद अफ़ग़ानिस्तान की महिलाओं को कानूनी तौर पर शिक्षा, मतदान और रोज़गार का अधिकार मिल गया था, लेकिन अभी भी दुनिया में महिलाओं के लिए सबसे खतरनाक जगहों में अफ़ग़ानिस्तान का नम्बर सबसे ऊपर है, वह भी नए दौर में जब दुनिया-भर में अरबों डॉलर बच्चियों की शिक्षा और सुरक्षा के लिए खर्च किए जा रहे हैं।

यही स्थिति पाकिस्तान में भी है। कट्टरपन्थी विचारधारा और रूढ़िवादी मानसिकता के कारण पाकिस्तान में महिलाओं की उन्नति का मार्ग आज भी बाधित है। मलाला को भी यही लगता कि कट्टरपन्थी सोच और अशिक्षा स्त्रियों की प्रगति में सबसे बड़ी बाधा है और इसीलिए उसने तालिबान द्वारा पाकिस्तान के कुछ प्रान्तों में स्कूलों को नष्ट किए जाने के खिलाफ आवाज़ बुलन्द की और बदले में अपनी जान जोखिम में डाल ली।

वास्तव में, पाकिस्तान में लड़कियों की पढ़ाई-लिखाई को लेकर एक तरह से उदासीनता है, वे फिर चाहे वह सरकार की तरफ से हो या लोगों की तरफ से। गरीबी और अज्ञानता की वजह से अधिकांश माता-पिताओं को लगता है कि लड़कियों को पढ़ाना पैसे ही बर्बादी करना है। वे यह पैसा उनकी शादी के लिए रखना चाहते हैं। मलाला को शिक्षा प्राप्त करने का अवसर देकर उसके माता-पिता ने उसे ज़िन्दगी का सबसे बड़ा उपहार दिया। इससे वह अपने लिखने की क्षमता को पहचान पाई और जिसे उसे आवाज़ उठाने और विरोध करने का हथियार बनाया। वह उन पुरुषों की ओर उठी तलवार बनी जो उसके शिक्षा प्राप्त करने के अधिकार के विरुद्ध थे।

मलाला का संघर्ष और खून बेकार नहीं गया। उसको गोली मारने के बाद तालिबान ने स्वात घाटी के सारे युवाओं को चेतावनी दी कि अगर किसी ने मलाला के नक्शे कदम पर चलने की कोशिश की तो उसका भी यही हाल किया जाएगा। लेकिन इसके बावजूद तालिबान किसी भी युवा की उस हिम्मत की तोड़ नहीं पाया जो उन्हें मलाला से मिली थी। स्वात घाटी की हर लड़की ने कहा, ''मैं

मलाला हूँ, हम स्वयं को शिक्षित करेंगे। हम जीतेंगे। वे हमें हरा नहीं सकते हैं।''
उन्होंने मोमबत्तियाँ जलाकर जुलूस निकाला। ब्रिटेन के क्वींस एलिज़ाबेथ अस्पताल
तक ये गूँज मलाला के कानों तक पहुँची और मोमबत्तियों की असंख्य लौ उसके
भीतर जल उठीं, फिर से उजाला फैलाने के लिए।

आज पाकिस्तानी समाज में एकाएक कट्टरपन्थ और अतिवाद के प्रति
जो आवेश उत्पन्न हो गया है वह तालिबान के लिए घातक सिद्ध हो तो आश्चर्य
की बात नहीं। तालिबानी आतंक से मुक्त कराने का जो काम पाकिस्तान सरकार
को करना चाहिए था, वह बीड़ा एक बच्ची ने उठाया।

हर घर में मलाला

हमलावरों की गोली जिस वक्त मलाला के सिर को चीर कर अन्दर घुसी थी, उस वक्त उसके साथ ही उसकी दोस्त कायनात रियाज़ भी बैठी थी। उसे भी गोली लगी और वह ज़ख्मी हो गई। अल्हड़-सी कायनात भौंचक्की सी रह गई थी। यह क्या हो गया? यह वही कायनात है जिसके गाँव की ओर जाने वाली सड़क स्वात नदी के किनारे से गुज़रती है जो विशालकाय पर्वतों की गोदी से निकलती है। उसके घर के बाहर पाकिस्तानी सेना के जवान पहरा दे रहे थे, क्योंकि मलाला की तरह उसकी जान को भी खतरा था।

इस घटना के बाद जब उससे मिले तो उसने बताया ''मैं बस में मलाला के साथ बैठी हुई थी। अचानक कुछ बन्दूकधारियों ने बस में प्रवेश किया और पूछने लगे कि मलाला कौन है, कहाँ है? पहले तो हमें लगा कि कोई यों ही मज़ाक कर रहा है। वैसे भी मलाला को पहचानना कोई मुश्किल काम नहीं था, क्योंकि हम सब हिजाब का इस्तेमाल करते थे और उसने हमेशा से ही परदे से इन्कार किया था। जैसे ही हमारी नज़रें मलाला की ओर उठीं उन्होंने गोलियाँ चलानी शुरू कर दीं। मलाला को गोली लगी और वह नीचे गिर गई। एक गोली मेरे हाथ में भी लगी थी। सब कुछ इतना अचानक हुआ था और माहौल में इतना खौफ समा चुका था कि किसी को भी कुछ समझ नहीं आ रहा था। हर लड़की रो रही थी। ज़ख्मी मलाला बुरी तरह से कराह रही थी और नीम बेहोशी की हालत में अपने वालिद का नाम ले रही थी। फिर धीरे-धीरे वह पूरी तरह से बेहोश हो गई।''

मलाला का कहना था, ''गोली लगने के बाद मुझे महसूस हुआ मानो मेरा कन्धा गीला हो रहा है। लेकिन मुझे अपनी सहेलियों की चिन्ता हो रही थी।

मेरे कपड़े भी खून से सन गए थे। डॉक्टर चाहते थे कि मेरा इलाज अस्पताल ही में हो, पर मैं इतना डर चुकी थी कि जल्दी से जल्दी घर जाना चाहती थी। मुझे डर था कि कहीं हमलावर अस्पताल में भी हमला न कर दें।''

कायनात के कमरे के नाइट स्टैंड पर एक मखमली गुलाबी पेंसिल बैग टँगा था। वह तब भी उसके पास था जिस दिन गोलियाँ चली थीं। यह बैग उसे बहुत पसन्द है, और वह इस बात का भी साक्षी है कि वह पढ़ाई को लेकर कितनी उत्साही है। वह अपने उस स्कार्फ को भी संभालकर रखती है जो उसने उस दिन पहना हुआ था। उस पर लगे लाल खून के निशान अब थोड़े हल्के पड़ गए हैं। उसने अपना वह शॉल भी संभालकर रखा हुआ है जो उस दिन पहना हुआ था। वह कहती है, ''यह मेरे जीवन का एकमात्र प्रतीक है—मेरे रक्त, मेरे संघर्ष से सना!''

अगले ही दिन कायनात के घर से कुछ ही दूरी पर विस्फोट हुआ। उसने कहा, ''मैं सो नहीं पाती। पड़ोसी कहते हैं कि हमें यहाँ से चले जाना चाहिए। लेकिन हमारे पास इतने पैसे नहीं है कि हम यहाँ से चले जाएँ। मुझे अब डर लगता है।''

लेकिन इसके बावजूद कायनात स्कूल गई थी पर बसों, टैक्सी और प्राइवेट कारों ने उसे स्कूल ले जाने से मना कर दिया। वह अब घर में पढ़ती है। इस बहादुर लड़की के लिए अब दोस्तों के घर या बाज़ार जाने पर भी प्रतिबन्ध है। यहाँ तक कि वह घर के बाहर चहलकदमी भी नहीं कर सकती, क्योंकि उसके अम्मी और वालिद ने मना किया हुआ है।

''मैं हार नहीं मानूँगी,'' अपने गुलाबी बैग को सहलाते हुए कायनात ने कहा। उसके शब्दों में दृढ़ता थी और आँखों से ऐसी हिम्मत झलक रही थी जिसे सिखाया नहीं जाता, केवल स्वयं अर्जित किया जाता है।

सच में मलाला आज स्वात की हर लड़की के चेहरे, हर लड़की की आँखों और दृढ़ता से झलकती है।

काम आई दुआएँ

मलाला जब कॉमा से बाहर आई और उसने खुद को देखा तो उसे पूरी घटना याद हो आई कि उस पर गोलियाँ चली थीं। वह अस्पताल में चारों ओर नज़रें घुमा रही थी। उसे तो उस समय यह भी नहीं पता था कि वह अपने मुल्क से बहुत दूर लन्दन के एक अस्पताल में है। नया माहौल, नए चेहरे और विदेशी नर्स और डॉक्टर उसे अचंभित कर रहे थे।

धीरे-धीरे उसे डॉक्टरों ने सब बताया। उसके मन में अनगिनत सवाल घूम रहे थे, पर वह बोल नहीं पा रही थी। तब उसने लिखकर अपनी बातें कहीं। डॉक्टरों ने उसकी हालत में सुधार होते देख उसे वेंटीलेटर से हटा दिया था। कुछ पल के लिए मलाला सहारा लेकर खड़ी हुई। उसके चेहरे पर पहले की तरह कोई खौफ नहीं था। वह इतने दिनों से कॉमा में थी, यह जानकर भी वह भयभीत नहीं हुई। शायद अपनी दृढ़ इच्छाशक्ति की वजह से ही वह इतनी जल्दी ही कॉमा से बाहर आ गई थी। डॉक्टर खुद हैरान थे। हालाँकि वे उसके शरीर में फैले संक्रमण को लेकर चिन्तित थे, लेकिन मलाला के होश में आने के बाद उन्हें विश्वास हो गया था, वह अब जल्दी ही ठीक हो जाएगी।

जब मलाला अपने वालिद ज़ियाउद्दीन से मिली तो उन्हें रोते देखकर वह आँखों ही आँखों में उन्हें सान्त्वना देने लगी। उसने लिखकर उनसे कहा कि अगली बार जब वह आएँ तो उसकी स्कूल की किताबें साथ लाएँ। यह जानकर उसकी अम्मी फफक उठीं और अस्पताल का पूरा स्टाफ हैरान रह गया कि आखिर ऐसी हालत में भी कोई पढ़ने की बात कैसे कर सकता है?

ज़ियाउद्दीन यूसुफ़ज़ई जब अस्पताल से बाहर आए तो उन्होंने नम आँखों और रुँधे गले से कहा, ''मलाला फिर से खड़ी होगी और उग्रवादियों के आगे

परास्त नहीं होगी। जब वह गोली खाकर गिरी तो पाकिस्तान उठ खड़ा हुआ और पूरी दुनिया उठ खड़ी हुई। यह पाकिस्तान में एक बदलाव की निशानी है, क्योंकि पहली बार सारे राजनीतिक दल, ईसाई, सिक्ख—सारे धर्मों के लोगों ने मेरी बेटी के लिए दुआ की वह केवल मेरी बेटी नहीं है, वह हर किसी की बेटी है। वह खुद सबके प्रति कृतज्ञता और आभार प्रकट करना चाहती है। मैं उन सभी शान्ति पसन्द करने वाले अपने शुभचिन्तकों का आभारी हूँ जिन्होंने मलाला पर हुए हमले की निन्दा की, जिन्होंने उसके स्वस्थ होने के लिए दुआएँ कीं और शान्ति, शिक्षा, आज़ादी और अभिव्यक्ति के अधिकार का समर्थन किया।''

मलाला के समर्थन में इस्लामाबाद, कराची, लाहौर और मुज़फ्फराबाद में प्रदर्शन आयोजित हुए जहाँ विद्यार्थियों, खासकर छात्राओं ने शपथ ली कि वे सभी बच्चों के लिए शिक्षा को सुनिश्चित करने के लिए काम करते रहेंगे।

पाकिस्तान के गृहमन्त्री रहमान मलिक ने मलाला को पाक के सर्वोच्च नागरिक बहादुरी सम्मान 'सितारा-ए-शुजाअत' देने की घोषणा की। मलाला के हमले की ज़िम्मेदारी लेने वाले तहरीक-ए-तालिबान के सरगना को पकड़वाने के लिए 5.28 करोड़ रुपये का इनाम घोषित किया, पर इससे मुद्दा हल नहीं होगा, यह बात तो अब दुनिया भी जान गई है। पाक सरकार को मलाला और उस जैसी असंख्य लड़कियों के सपनों को साकार करने के लिए ठोस कदम उठाने होंगे। स्त्री शिक्षा और मानवाधिकारों के लिए अपने प्राणों की बाज़ी लगाने वाली मलाला का यही सच्चा सम्मान होगा। पाक सरकार के लिए यह परीक्षा की घड़ी है। यदि वह स्त्री-शिक्षा के लिए दृढ़ कदम उठाए तो देश की तस्वीर व तकदीर—दोनों ही बदल सकती हैं।

अपनी आवाज़ और कलम की ताकत से तालिबानी आतंक को शिकस्त देने का साहस करने वाली मलाला को सलाम!

सपना हुआ पूरा

नया साल शुरू हो गया था और मलाला की हालत में हुए आश्चर्यजनक सुधार को देख उसका परिवार, डॉक्टर, अस्पताल का स्टॉफ ही हैरान व खुश नहीं था, वरन जो लोग उसकी तबियत की पल-पल की खबर रख रहे थे, वे भी प्रसन्न थे। इस बीच उसे हज़ारों उपहार, कार्ड और समर्थन सन्देश मिल चुके थे। सात हज़ार से अधिक लोगों ने अस्पताल के सन्देश पट पर उसके लिए सन्देश लिखे।

वह 3 फरवरी, 2013 की खुशनुमा सुबह थी। ठंड पूरे ज़ोरों पर थी, पर क्वींस एलिज़ाबेथ अस्पताल के बाहर भीड़ इकट्ठा थी। ब्रिटेन में यह खबर फैल चुकी थी कि आज उनकी 'हीरो' को अस्पताल से छुट्टी मिलने वाली है। मलाला बाहर आई। वह शरीर से कमज़ोर थी, पर आँखों में दृढ़ता थी। उसने हाथ हिलाकर लोगों का धन्यवाद किया।

उसे और उसके परिवार को ब्रिटेन सरकार से मिले घर की ओर उसकी गाड़ी चल दी। वेस्ट मिडलैंड में अपने नए घर की ओर जाने वाले रास्ते में भी उसे हाथ हिलाते लोग दिखाई दिए। मलाला खुश थी कि वह इतने लम्बे समय अस्पताल में रहने के बाद घर जा रही है।

ब्रिटेन और पाकिस्तान की सरकार ने फैसला लिया था कि चूँकि अभी मलाला पूरी तरह से खतरे से बाहर नहीं आई है, इसलिए उसे बर्मिंघम में ही रहने दिया जाए। अभी भी उसे इलाज करवाने के लिए बार-बार अस्पताल आने की हिदायत दी गई थी। नया घर देने के साथ-साथ उसके पिता ज़ियाउद्दीन यूसुफ़ज़ई को बर्मिंघम में पाकिस्तानी कंसल्टेंट की नौकरी दे दी गई। उन्हें ब्रिटेन के पूर्व प्रधानमन्त्री और संयुक्त राष्ट्र के शिक्षा दूत गॉर्डन ब्राउन का विशेष सलाहकार बनाया गया है। पूरा परिवार मलाला के साथ रहे और तालिबानी फिर

से उस पर हमला न कर सकें, यही सोचकर पाकिस्तानी सरकार ने यह कदम उठाया था। नौकरी मिल जाने की वजह से अब ज़ियाउद्दीन तीन से पाँच साल तक बर्मिंघम में रह सकते हैं। यह ब्रिटेन का दूसरा शहर है जहाँ पाकिस्तानी मूल के लोग सबसे ज़्यादा रहते हैं। बर्मिंघम में नए परिवेश में मलाला ने स्वयं को ढालना शुरू कर दिया। हालाँकि एक महीने तक उसे आराम करने को कहा गया था, इसलिए वह घर में अपना समय पढ़कर ही बिताती। आखिर उसकी पढ़ने की जिजीविषा के सामने तालिबान ही नहीं, उसकी बीमारी तक हार ही गई थी।

2 फरवरी, 2013 को मलाला का फिर से एक ऑपरेशन हुआ जो पाँच घंटे तक चला। यह ऑपरेशन उसकी खोपड़ी को पुनः बनाने *(क्रौनिकल रिकंस्ट्रक्टिव सर्जरी)* और उसके सुनने की शक्ति को बचाए रखने के लिए किया गया था।

इसी बीच ज़ियाउद्दीन युसुफ़ज़ई ने मलाला की तरफ से एक सन्देश जारी किया—'मैं अपने जीवन के मज़बूत बने रहने में मदद करने के लिए शुभचिन्तकों को धन्यवाद देना चाहती हूँ। मैं चाहती हूँ कि मैं सबको बताऊँ कि वह दुनिया भर के उन पुरुषों, महिलाओं और बच्चों की एहसानमन्द है और खुश है, जो मुझे स्वस्थ देखना चाहते हैं।'

चार महीने मौत से जूझने के बाद 3 फरवरी, 2013 को मलाला ने वीडियो के माध्यम से पहले अंग्रेज़ी, फिर उर्दू और फिर पश्तो में दुनिया को सन्देश दिया, '' मुझे दूसरी ज़िन्दगी मिली है और इस दूसरी ज़िन्दगी के लिए आप सबका शुक्रिया। मैं रोज़ाना बेहतर हो रही हूँ। आप देख सकते हैं कि मैं ज़िन्दा हूँ। मैं बोल सकती हूँ, आपको देख सकती हूँ। मैं सभी को देख सकती हूँ। यह लोगों की दुआओं की वजह से मुमकिन हुआ है। आपकी दुआओं की वजह से खुदा ने मुझे नई ज़िन्दगी दी है। मैं लोगों की सेवा करना चाहती हूँ। मैं चाहती हूँ कि हर लड़की, हर बच्चा तालीम हासिल करे। इसी मकसद से हमने 'मलाला फंड' का गठन किया है।

'' अगर ज़रूरत पड़ी तो मैं फिर बलिदान देने को तैयार हूँ। पाकिस्तान के शान्ति और शिक्षा के विकास के लिए जो जरूरी होगा, वह करने को तैयार हूँ। मैं चाहती हूँ कि हर बच्चा पढ़े और हमारे देश में, बल्कि पूरी दुनिया में शान्ति हो और शान्ति के लिए मैं खुद को कुर्बान कर दूँगी।''

20 मार्च, 2013 का दिन था। मलाला बेहद खुश थी। उसकी तबियत में

काफी सुधार हो चुका था और वह बिना सहारे के चलने-फिरने लगी थी। उसके बोलने और सुनने में दिक्कत नहीं आ रही थी। सुबह से वह बहुत चहक रही थी। उसकी अम्मी ने अपनी चहकती गुड़िया को देख उसकी बलैंया लीं। उसके वालिद भी तैयार थे और मलाला? वह तो बेसब्री से उस पल का इन्तज़ार कर रही थी जब वह अपने नए स्कूल में कदम रखेगी।

पिंक कलर का बैग लटकाए मलाला ने बहुत उत्साह से मध्य इंग्लैंड के बर्मिंघम शहर के 'एजबेस्टन गर्ल्स हाई स्कूल' में कदम रखा। स्कूल का पहला दिन...पाँच महीने का संघर्ष और मन में जोश...मलाला के स्कूल में आते ही सबकी नज़रें उस पर टिक गईं। 'वेलकम मलाला', 'चीयर्स फॉर मलाला।' हर तरफ शोर मच गया। कौतूहल और उत्सुकता से मलाला की देखती नज़रें...कुछ ही महीनों में मलाला उन छात्राओं के लिए भी एक 'रोल मॉडल' बन गई थी। मलाला के बारे में सबने इतना सुना था कि कौतूहल होना स्वाभाविक ही था। स्कूल की प्रिंसिपल और टीचर्स ने मलाला को घेर लिया। जब वह अपनी क्लास में पहुँची और सीट पर बैठी तो अचानक बोल पड़ी, "मैं आज बहुत उत्साहित हूँ। आज मैंने स्कूल वापस आने के अपने सपने को पूरा कर लिया है। मैं चाहती हूँ कि पूरी दुनिया की लड़कियों को यह अवसर मिले। मुझे पाकिस्तान की अपनी सहपाठियों की बहुत याद आ रही है पर मैं यहाँ बर्मिंघम में नए टीचरों से मिलने और नए मित्र बनाने को लेकर बहुत उत्सुक हूँ।"

बन गई है एक रोशनी

मलाला इस बात का जीता-जागता प्रमाण है कि लीडरशिप हर रूप और आकार, लिंग, राष्ट्रीयता और उम्र में सम्भव है। हम अक्सर सोचते हैं कि इतिहास केवल वही बना सकते हैं, जिन्होंने उम्र का एक लम्बा पड़ाव पार कर लिया है, पर इस साहसी बच्ची ने यह दिखा दिया कि किसी भी उम्र का व्यक्ति इतिहास निर्माता बन सकता है।

मलाला ने अपने जज़्बे और साहस से इतिहास तो रच ही डाला है, साथ ही वह जल्दी ही अपनी एक किताब 'आई एम मलाला' भी लिखने वाली है। अपनी ज़िन्दगी पर आधारित इस किताब को लिखने के लिए उसे मिलेंगे 3 करोड़ डॉलर। इसे ब्रिटेन स्थित *विन्डेनफेल्ड एंड निकोलसन* प्रकाशित कर रहा है।

''मैं अपनी कहानी सबको बताना चाहती हूँ। यह उन 61 करोड़ बच्चियों की कहानी हो सकती है जिन्हें शिक्षा मुहैया नहीं हो पाती। मैं दुनिया-भर के बच्चों के स्कूल जाने के अभियान का हिस्सा बनना चाहती हूँ। यह उनका अधिकार है।'' मलाला को आशा है कि यह किताब दुनिया के हर हिस्से में पहुँचेगी, जहाँ लोग समझेंगे कि कुछ बच्चों को पढ़ाई में कितनी दिक्कतें पेश आती हैं।

मलाला ने एक ऐसे इलाके में अँधेरे में उजाला फैलाने का अभियान चलाया, जहाँ स्कूल बन्द कर दिए गए थे। जहाँ स्कूलों को नष्ट कर दिया गया था। उसने शिक्षा के लिए संघर्ष किया, वह घर से बाहर निकली। उसने पाकिस्तान और दुनिया की लड़कियों के समक्ष साहस का प्रदर्शन किया। वह साहस और आत्मविश्वास का प्रतीक तो है ही, साथ ही उन लोगों के लिए भी एक प्रेरणा है जो कुछ करना चाहते हैं। मारने की धमकियाँ मिलने के बावजूद वह शिक्षा का प्रचार करती रही। वह पाकिस्तान के लिए रौशनी की छोटी-सी किरण बन

गई। वह रोशनी चमकती तो पाकिस्तान में, पर इससे पूरी दुनिया स्वयं को प्रकाशित महसूस कर रही है, खासतौर पर वे लोग जो मानवता के पुजारी हैं और मानते हैं कि सभी धर्मों के अनुयायी एक ही ईश्वर की सन्तान हैं। तालिबान समेत अन्य मुस्लिम कट्टरपन्थी संगठन ऐसा नहीं मानते हैं। इसीलिए वे सब इस रौशनी के कट्टर दुश्मन बन गए हैं।

मलाला की कहानी इस बात की गवाह है कि विपरीत स्थितियों से निकलने का रास्ता कोई और नहीं दिखाता, बल्कि इस रास्ते को बनाने के लिए अपना साहस दिखाना पड़ता है और ज़रूरत पड़े तो स्वयं का बलिदान देने के लिए भी तैयार होना पड़ता है। पता नहीं मलाला के बताए रास्ते पर पाकिस्तान चलेगा भी कि नहीं? मगर यह तो साफ लग रहा है कि पाकिस्तानी समाज को मलाला वाला रास्ता रास आ गया है। बदलाव की एक बयार बहती नज़र आ रही है।

केवल पाकिस्तान को ही नहीं, दुनिया के उन सभी लोगों की उसकी ज़रूरत है जो मानवता पर भरोसा करते हैं। इसलिए तो आज मलाला को एक लड़की नहीं बल्कि एक जीवन्त और ज़रूरी विचार माना जा रहा है। इस विचार को फलना-फूलना चाहिए, ताकि लोग उसकी हिम्मत देखकर यह सबक सीख सकें कि विपरीत स्थितियों की बदलने के लिए स्वयं को दाँव पर लगाना पड़ता है।

संयुक्त राष्ट्र में दिया मलाला का भाषण

संयुक्त राष्ट्र ने जुलाई 12 का दिन 'मलाला दिवस' घोषित किया है। 12 जुलाई, 2013 को अपने 16वें जन्मदिवस पर मलाला ने यह भाषण दिया :

‘‘ माननीय संयुक्त राष्ट्र जनरल मि. बन की-मून, जनरल ऐसेंबली के प्रेसीडेंट वुक जेरेमिक, वैश्विक शिक्षा के राजदूत मि. गोर्डन ब्राउन, आदरणीय सज्जनो एवं मेरे प्यारे भाई-बहनो! अस्सलाम वालैकुम!!

‘‘ आज एक लम्बे अरसे बाद मुझे फिर से बोलने का सौभाग्य प्राप्त हुआ है। इतने सम्माननीय लोगों के बीच होना मेरे जीवन का एक यादगार पल है। साथ ही, यह मेरे लिए गर्व की बात है कि यह शॉल जो मैंने ओढ़ा हुआ है, स्वर्गीय बेनज़ीर भुट्टो का है।

‘‘ मुझे समझ नहीं आ रहा है कि बात कहाँ से शुरू करूँ। मुझे यह भी मालूम नहीं है कि लोग मुझसे क्या सुनने की उम्मीद लगाए बैठे हैं लेकिन सबसे पहले उस खुदा का शुक्रिया जिसकी नज़रों में हम सब एक हैं। साथ ही, हरेक उस शख़्स का भी शुक्रिया जिसने मेरे जल्दी ठीक होने और नई ज़िंदगी के लिए दुआ की है। मुझे विश्वास नहीं होता कि लोगों ने मुझे कितना प्यार दिया है। मेरे पास दुनिया-भर से हज़ारों शुभकामना पत्र और तोहफ़े आए हैं। इसके लिए आप सबका शुक्रिया! उन बच्चों का भी शुक्रिया जिनके मासूम लफ़्जों ने मेरी हिम्मत बढ़ाई। मेरे बड़ों का भी शुक्रिया जिनकी दुआओं ने मुझे ताक़त दी। मैं पाकिस्तान, यू. के. के अस्पतालों के डॉक्टरों, नर्सों तथा सभी कर्मचारियों के साथ-साथ संयुक्त अरब अमीरात की सरकार का भी शुक्रिया अदा करना चाहूँगी जिन्होंने मेरा स्वास्थ्य और मेरी ताकत लौटाने में मदद की।

‘‘ मैं यू. एस. सेक्रेटरी जनरल बन की मून के *ग्लोबल एजुकेशन फ़र्स्ट*

इनीशिएटिव (Global Education First Initiative), वैश्विक शिक्षा के क्षेत्र में किए गए कार्यों का यू.एन. विशेष दूत गोर्डन ब्राउन तथा यू.एन. जनरल असेम्बली के आदरणीय प्रेसिडेण्ट वुक जेरेमिक का पूर्ण समर्थन करती हूँ। मैं उनके द्वारा दिए जा रहे सतत् नेतृत्व का भी शुक्रिया अदा करती हूँ। वे हमें सदा काम करते रहने को प्रेरित करते रहते हैं। प्यारे भाई-बहनो, एक बात याद रखिए। मलाला दिवस मेरा दिन नहीं है। आज का दिन हर उस औरत, हर लड़के और हर लड़की का है जिसने अपने अधिकारों के लिए आवाज़ उठाई है।

'' ऐसे सैकड़ों मानवाधिकार कार्यकर्ता तथा समाजसेवी हैं जो न सिर्फ़ अपने अधिकारों की बात करते हैं बल्कि शान्ति, शिक्षा और समानता के क्षेत्रों में अपने लक्ष्य प्राप्त करने के लिए संघर्ष भी करते हैं। आतंकवादियों द्वारा किए गए हमलों में हज़ारों लोग मारे गए और लाखों घायल हुए। मैं सिर्फ उनमें से एक हूँ और कइयों के बीच एक लड़की के रूप में खड़ी हूँ। मैं न सिर्फ़ अपनी बात कर रही हूँ बल्कि उनकी भी, जिनका एक शब्द भी सुनाई न पड़ा। वे जो अपने अधिकारों के लिए लड़े, शान्ति से रहने के लिए लड़े—उनके अधिकारों को गौरव के साथ देखा जाना चाहिए। समानता का अवसर दिया जाना उनका अधिकार है। शिक्षित होना उनका अधिकार है।

'' प्यारे दोस्तो, 9 अक्टूबर 2012 को तालिबानों ने मेरे माथे के बाएँ हिस्से में गोली मारी। मेरी सहेलियों को भी उन्होंने गोलियाँ मारीं। उन्होंने सोचा था कि उनकी गोलियाँ हमें शान्त कर देंगी, पर वे नाकाम रहे। और उस ख़ामोशी में से हज़ारों आवाज़ें उठीं। आतंकवादी सोचते थे कि वे हमारे इरादों को बदल देंगे और हमारे मकसद रोक पाएँगे। लेकिन मेरी ज़िंदगी में कोई बदलाव नहीं आया सिवाय इसके कि कमज़ोरी, डर और नाउम्मीदी का ख़ात्मा हो गया। ताकत और हौसलों का जन्म हुआ। और मैं भी वही मलाला हूँ—मेरी महत्वाकांक्षाएँ भी वही हैं, मेरी उम्मीदें भी वही हैं और मेरे सपने भी वही हैं। प्यारे भाइयों और बहनों, मैं किसी के खिलाफ़ नहीं हूँ न ही मैं यहाँ तालिबान या किसी आतंकवादी गुट के ख़िलाफ़ अपनी व्यक्तिगत किसी रंजिश के विषय में बोलने के लिए खड़ी हूँ। मैं यहाँ हरेक बच्चे के शिक्षा के अधिकार को लेकर बोलने आई हूँ। मैं चाहती हूँ कि तालिबान तथा अन्य आतंकवादियों तथा उग्रवादियों के बेटे-बेटियों को भी शिक्षा मिले। मुझे उन तालिबानों से भी नफ़रत नहीं जिन्होंने मुझे गोली मारी थी। यदि मेरे हाथ में एक बन्दूक हो और वह तालिब मेरे सामने खड़ा हो तो

भी मैं उसे गोली नहीं मारूँगी। यही वह हमदर्दी का सबक है जिसे मैंने दया के मसीहा मुहम्मद, ईसामसीह तथा भगवान बुद्ध से पाया है। इस बदलाव को मैंने मार्टिन लूथर किंग, नेल्सन मण्डेला और मुहम्मद अली जिन्ना से वसीयत की शक्ल में पाया है।

"अहिंसा के इस दर्शन को मैंने गाँधी, बच्चा खान और मदर टेरेसा से सीखा, और इस प्रकार माफ़ कर देना मैंने अपने अब्बू और अम्मी से सीखा। इसलिए मेरी आत्मा मुझसे कहती है—शान्त रहो और सबको प्यार करो।

"प्यारे भाइयो और बहनों, हमें रौशनी की अहमियत तब पता चलती है जब हम अँधेरे में घिरे होते हैं। हमें अपनी आवाज़ की अहमियत तब पता चली जब हमें ख़ामोश किया गया। उसी प्रकार जब हम स्वात, उत्तरी पाकिस्तान में थे, हमें कलम और किताबों की अहमियत तब पता चली जब मैंने बन्दूकें देखीं। एक समझदार कहावत है—कलम की ताक़त तलवार से ज्यादा होती है। यह सच है। उग्रवादियों को कलम और किताबों से डर लगता है। शिक्षा की ताकत उन्हें डराए रखती है। उन्हें औरतों से डर लगता है। औरतों की आवाज़ उन्हें डराए रखती है। यही कारण है कि उन्होंने हाल ही में किए गए हमलों में क्वेटा में 16 मासूम छात्रों को मार डाला। इसी कारण उन्होंने अध्यापिकाओं को मार डाला। यही कारण है कि वे आए दिन स्कूलों को ढहा रहे हैं क्योंकि वे पहले और अब भी समानता के बदलाव के कारण डरे हुए हैं जो हम अपने समाज में लाएँगे। और मुझे याद है, मेरे स्कूल के एक लड़के से एक पत्रकार ने पूछा था, "तालिबान शिक्षा के ख़िलाफ़ क्यों हैं?" उसने बेहद साधारण तरीके से अपनी किताब की तरफ इशारा करते हुए जवाब दिया था, "एक तालिब को यह पता ही नहीं होता कि किताब के अन्दर क्या लिखा है?"

"वे सोचते हैं कि खुदा बहुत छोटा है, बहुत कम रूढ़िवादी—उनके प्रति जो सिर्फ स्कूल जाने के नाम पर लोगों के सिरों पर बन्दूक तान देते हैं। अपने व्यक्तिगत फायदों के लिए ये आतंकवादी इस्लाम के नाम का ग़लत इस्तेमाल कर रहे हैं। पाकिस्तान एक शान्तिप्रिय लोकतांत्रिक देश है। पश्तून अपने बेटे-बेटियों के लिए शिक्षा चाहते हैं। इस्लाम शान्ति, मानवता और भाईचारे का धर्म है। यह उसका फर्ज़ और ज़िम्मेदारी है कि वह हर बच्चे को शिक्षा उपलब्ध कराए। शिक्षा के लिए शान्ति की भी ज़रूरत होती है। संसार के कई हिस्सों, ख़ासकर पाकिस्तान में तथा अफ़गानिस्तान में आतंकवाद, युद्ध तथा मतभेदों के कारण

बच्चों का स्कूल जाना बन्द हो गया है। हम सचमुच इस प्रकार के युद्धों से थक चुके हैं। संसार के कई भागों में औरतों और बच्चों पर कई प्रकार से इनका दुष्प्रभाव पड़ा है।

"भारत में मासूम और गरीब बच्चे मज़दूरी करने को अभिशप्त हैं। नाइजीरिया में कई स्कूल बर्बाद कर दिए गए। अफ़गानिस्तान के लोग उग्रवाद से प्रभावित हुए। जवान लड़कियों को घरेलू नौकरों की हैसियत से काम करना पड़ता है तथा उनकी शादी कम उम्र में ज़बर्दस्ती कर दी जाती है। गरीबी, अज्ञानता, अन्याय, जातिवाद और मूलभूत अधिकारों का न दिया जाना आदि ऐसी कुछ समस्याएँ हैं जिनका सामना पुरुषों तथा महिलाओं—दोनों को ही करना पड़ रहा है।

"आज मैं आपका ध्यान औरतों के अधिकारों और बच्चियों की शिक्षा की ओर दिलाना चाह रही हूँ क्योंकि सबसे अधिक वे ही प्रभावित हो रही हैं। एक समय ऐसा भी था जब महिला कार्यकर्ता पुरुषों को अपने अधिकारों के लिए कहती थीं। लेकिन अब यह काम हम खुद करेंगे। मैं पुरुषों से यह नहीं कहूँगी कि वे महिलाओं के अधिकारों की बात न करें लेकिन मेरा महिलाओं से अनुरोध है कि वे स्वतन्त्र बनें और अपनी लड़ाई खुद लड़ें। अतः प्यारे भाइयो और बहनो, अब आप अपनी आवाज़ बुलन्द करें। आज मैं दुनिया-भर के नेताओं से कहना चाहूँगी कि वे अपनी नीतियों को शान्ति और सद्भावना पूर्ण इस प्रकार बनाएँ कि वे महिलाओं और बच्चों के अधिकारों की रक्षा कर सकें। वह कोई भी सौदा जो महिलाओं के अधिकारों के खिलाफ है, स्वीकार्य नहीं है।

" हम सभी सरकारों से इस सुनिश्चितता की माँग करते हैं कि संसार के हर बच्चे को मुफ्त तथा ज़रूरी शिक्षा उपलब्ध हो तथा आतंकवाद व हिंसा के विरुद्ध लड़ा जाए ताकि बच्चों को क्रूरता व क्षति से बचाया जा सके। हमारा सभी प्रगतिशील देशों से आग्रह है कि वे प्रगतिवान संसार में बच्चियों के लिए शिक्षा के अवसरों का विस्तारण करे। हमारा सभी वर्गों से अनुरोध है कि वे सहनशील बनें ताकि जाति, रंग, धर्म आदि भेदों को समाप्त किया जा सके। मैं अपनी संसार-भर की बहनों से कहूँगी कि वे बहादुर बनें, अपने भीतर शक्ति का संचयन करें तथा अपनी पूर्ण क्षमताओं को पहचानें।

" प्रिय भाइयो और बहनो, हमें बच्चों के उज्ज्वल भविष्य के लिए स्कूल व शिक्षा चाहिए। हम अपनी यात्रा शान्ति तथा शिक्षा के गन्तव्यों तक जारी रखेंगे। हमें कोई रोक नहीं सकता। हम अपने अधिकारों के लिए आवाज़ उठाएँगे और

अपने विचारों में बदलाव लाएँगे। हम अपने शब्दों की शक्ति में विश्वास रखते हैं। हमारे शब्द पूरे संसार को बदल सकते हैं क्योंकि हम सब एक हैं, शिक्षा के लिए।

“ प्यारे भाइयो और बहनो, हमें उन लाखों लोगों को जो गरीबी, अन्याय तथा अज्ञानता से ग्रसित हैं, नहीं भूलना है। हमें उन लाखों बच्चों को भी नहीं भूलना है जो स्कूली शिक्षा से वंचित हैं। हमें अपने उन भाई-बहनों को भी नहीं भूलना जो एक सुनहरे, शान्त भविष्य की बाट जोह रहे हैं।

“ अतः, आइए तथा अज्ञानता, गरीबी तथा आतंकवाद के विरुद्ध अपना संघर्ष जारी रखें। आइए, अपनी किताबें तथा कलम उठा लें जो हमारे सबसे ताक़तवर हथियार हैं। एक बच्चा, एक अध्यापक, एक किताब और एक कलम संसार को बदल सकते हैं। इसका एकमात्र उपाय है—शिक्षा। सबसे पहले—शिक्षा।

धन्यवाद! ”

सम्मान व पुरस्कार

इंटरनेशनल चिल्ड्रन्स पीस प्राइज़ : (रनर-अप) 25 अक्टूबर, 2011 दिया गया। उसे यह इसलिए मिला, क्योंकि उसने अपने व अन्य लड़कियों के लिए खड़े होने की हिम्मत की, राष्ट्रीय व अन्तरराष्ट्रीय मीडिया का इस्तेमाल किया ताकि लड़कियाँ जान सकें कि उन्हें स्कूल जाने का अधिकार है।

पाकिस्तान का नेशनल यूथ पीस प्राइज : 19 दिसम्बर, 2011 मिला। तत्कालीन प्रधानमन्त्री युसुफ रज़ा गिलानी ने मलाला को यह पुरस्कार दिया जिसे बाद में *नेशनल मलाला यूथ पीस प्राइज* नाम दिया गया।

19 नवम्बर, 2012 : हाउस ऑफ लॉर्ड्स में *वर्ल्ड पीस एंड प्रॉस्पेरिटी फाउंडेशन* के अध्यक्ष प्रिंस अली खान ने वीरता पुरस्कार प्रदान किया जिसे मलाला की ओर से ब्रिटेन में पाकिस्तान के उप-उच्चायुक्त एस. जुल्फिकार गरदेज़ी ने ग्रहण किया।

टाइम मैगज़ीन ने पर्सन ऑफ द ईयर : 26 नवम्बर, 2012 के लिए नामांकित किया और 19 दिसम्बर को उसे चार रनर-अप में से एक घोषित किया। सोशल जस्टिस के लिए **मदर टेरेसा मेमोरियल** अवार्ड 28 नवम्बर, 2012 दिया गया।

मलाला को शान्ति व मानवता के लिए कार्य करने के लिए वर्ष 2012 के **रोम प्राइज़** से 29 दिसम्बर, 2012 सम्मानित किया गया। इटली की मानवाधिकार कार्यकर्ता एंजेला स्टीने ने इस अवसर पर कहा, ''हम मलाला को उसके इस महान कार्य के लिए प्यार करते हैं। वह अब अकेली नहीं है, हम सब उसके साथ हैं। मलाला को रोम की ऑनरेरी (सम्मानदायक) नागरिकता भी दी जा रही है।''

प्रत्येक बच्चे को समान शिक्षा दिलाने के समर्थन में बोलने के लिए उसके साहस व दृढ़ता के लिए वर्ष 2012 का **टिप्पेरी इंटरनेशनल पीस अवार्ड** 3 जनवरी, 2013 दिया गया। यह आयरलैंड का एक प्रतिष्ठित अवार्ड है।

फ्रांस की सरकार ने मलाला को **'सिमोन डै बेवॉर'** पुरस्कार से 10 जनवरी, 2013 सम्मानित किया। सम्मान लेने पहुँचे उसके पिता ज़ियाउद्दीन यूसुफ़ज़ई ने कहा कि इस मुश्किल समय में पूरी दुनिया और अल्लाह ने उनका साथ दिया है। इसी वजह से वह ठीक हो रही है। अल्लाह ने मानवता की भलाई और शिक्षा का प्रचार-प्रसार करने के लिए उसकी रक्षा की है।

लन्दन में ब्रिटिश पार्टी के सांसद खालिद महमूद ने फरवरी 2013 सरकार से अपील की कि नोबेल पुरस्कार के लिए मलाला यूसुफ़ज़ई का नाम नामांकित किया जाए। उन्होंने कहा 'मलाला ने अपनी जान जोखिम में डालकर एक भारी कीमत चुकाई, पर जिस तरह से उसने पूरी दुनिया को जाग्रत कर दिया है, वैसा कोई नहीं कर सकता।' नोबेल पुरस्कार हेतु चलाए गए हस्ताक्षर अभियान के दौरान करीब तीन लाख लोगों ने हस्ताक्षर किए।

मलाला को ब्रिटेन में **फ्रीडम ऑफ एक्सप्रेशन अवार्ड** से 21 मार्च, 2013 सम्मानित किया गया। उसके वालिद ज़ियाउद्दीन यूसुफ़ज़ई ने यह पुरस्कार ग्रहण किया। इस अवसर पर उन्होंने कहा, "मैंने मलाला को अभिव्यक्ति की स्वतन्त्रता दी और अभिव्यक्ति की स्वतन्त्रता हर समस्या का समाधान है और यह सबसे महत्त्वपूर्ण अधिकार है।"

संयुक्त राष्ट्र महासचिव बान की-मून ने पाकिस्तान की साहसी बच्ची मलाला यूसुफ़ज़ई को **यू. एन. की बेटी** का खिताब 8 अप्रैल, 2013 दिया और कहा कि यू. एन. मलाला और उस जैसे और लोगों की मदद के लिए हमेशा तैयार रहेगा। मलाला आशा का प्रतीक है।'

ओ.पी.ई.सी. फंड फॉर इंटरनेशनल डेवलपमेंट (ओ. एफ. आई. डी.) की मन्त्रालय समिति के चेयरमैन श्री युसुफ हुसैन कमाल ने मलाला को 2013 का **ओ.एफ. आई.डी.** अवार्ड 13 जून, 2013 देने की घोषणा की। यह पुरस्कार उसे पाकिस्तान की स्वात घाटी में लड़कियों व महिलाओं के अधिकारों के लिए आवाज़ उठाने के लिए किए भयरहित संघर्ष के लिए दिया गया। पुरस्कार की घोषणा पाने के

बाद मलाला ने वीडियो के जरिये धन्यवाद भेजा और आशा जताई कि यह संस्था लड़कियों की शिक्षा, उनके सशक्तीकरण के लिए मिलकर काम करेगी।

यूनाइटेड नेशन्स एसोसिएशन ऑफ यूनाइटेड स्टेट्स ऑफ अमेरिका चैंपियन फॉर ग्लोबल चेंज पुरस्कार 2013 के लिए मलाला यूसुफ़ज़ई का चयन किया गया है। यह पुरस्कार उसे 6 नवम्बर, 2013 को वॉशिंगटन में प्रदान किया गया।

एक ग़ज़ल मलाला के नाम

(मशहूर उर्दू शायर निदा फ़ाज़ली ने 20 फरवरी, 2013 को यह लिखी थी)

मलाला मलाला
आँखें तेरी चाँद और सूरज
तेरा ख़्वाब हिमाला...

वक़्त की पेशानी पे अपना नाम जड़ा है तूने
झूठे मक़तब में सच्चा क़ुरान पढ़ा है तूने
अँधियारों से लड़ने वाली
तेरा नाम उजाला...मलाला मलाला

स्कूलों को जाते रस्ते ऊँचे-नीचे थे
जंगल के खूँख़ार दरिन्दे आगे-पीछे थे
मक्के का एक उम्मी तेरे
लफ़्ज़ों का रखवाला...मलाला मलाला

तुझ पे चलने वाली गोली हर धड़कन में है
एक ही चेहरा है तू लेकिन हर दर्पण में है
तेरे रस्ते का हमराही, नीली छतरी वाला...मलाला